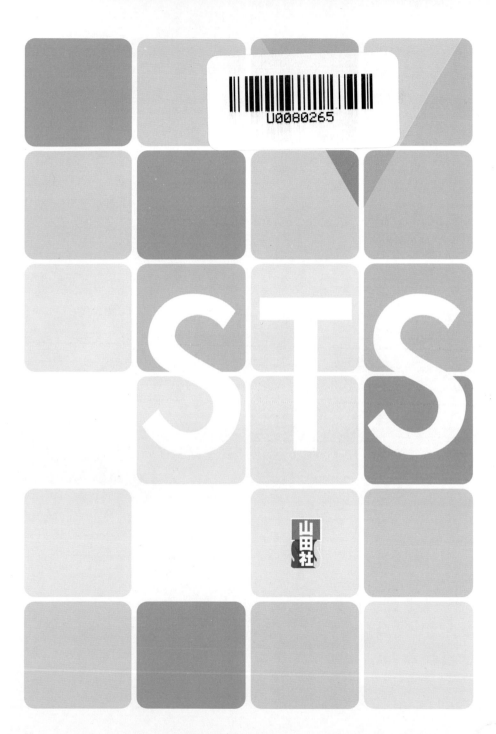

STS

山田社

串燒 延伸
學日本話

－ 50音 單字 常用會話 －

再忙也學得會！

上原小百合 著
Uehara Sayuri

山田社

前言
はじめに

多學一種語言，
就不會被叫「井底之蛙」，
因為你，
見解會更有彈性，看事物角度會更廣！
公司老闆就靠你！

而我們最容易學的就是，很多漢字的「日語」！

初學日文，總是被 50 音卡關？
學了很久還是不會說，投資報酬率低到想放棄？

本書將 50 音、單字、常用會話一次串起，
為生活忙碌的你，
提供簡單俐落，內容豐富的日語串燒，
學會說日語，真的沒有那麼難！

50 音、文法、句型、聽力⋯市面上有著令人眼花繚亂的日語書籍，
這也要學，那也要學，花費大量的時間及金錢，只想趕快說日語！
那麼，有沒有一次就能學完，還能快速上手的日語書呢？
您的心聲我們都聽到了！

　　本書針對完全 0 經驗的初學者設計，從 50 音開始，向單字、句型慢慢延伸，
循序漸進的方式不但讓自學者能輕鬆上手，還能重複疊加記憶，打下扎實的日語
基礎。再加上本書的單字和句子都是精挑細選生活中最常用、最實用的，保證讓
您邊用邊學，不怕學不會！
　　不再擔心學了 50 音卻不會說，也不再害怕學了單字但不會用，從 0 基礎到掌
握最常用的日語會話及句型，只要一本！最連貫的串聯式學習法，讓學日文就像
吃串燒一樣簡單！

從本書您可以享受到：

★ 清楚易懂的解說，加上日籍教師親聲示範，發音眉角完全掌握！
★ 50 音練習手帖，正確筆順靠身體來記憶！
★ 隨翻隨到的情境分類實用單字，啟動你的記憶聯想力！
★ 生活、旅遊都能開口說的會話，讓成就感跟學習動力滿滿！
★ 基本句型＋替換單字，想說什麼都可以！

❶ 串燒式延伸教學,把需要的技能串好、串滿!

本書不單單只是 50 音或單字書,而是將初學日語需要的各種技能通通包含在內,您無須花很多時間,也能享受暢談日語的快感。從 50 音→單字→會話→句型,一步一步穩紮穩打,帶您開口説日語!

❷ 從最基礎的語源知識打底,學會 50 音的四大步驟!

為了打下您堅實的基礎,本書精心安排了學 50 音的四種方式。首先,從 50 音的中文字源開始,幫助聯想 50 音的字形。其次,詳細介紹每個發音舌頭和唇部肌肉的位置等等,搭配日文老師的標準發音,讓您在一開始就擁有優良的基礎。第三,本書就像一本手寫習作一樣附上練習手帖,一筆一畫反覆練習就能清楚記住字形。最後,每個音都會搭配一個單字,由單字加強 50 音記憶力的同時,單字量也會在不知不覺增加。經過如此嚴密的練習,有了深厚的底子,相信接下來的學習都能事半功倍!

❸ 單字、會話不用多,但要超極實用!

一本內容實用的書籍,可以讓您在不斷活用的過程中越説越好,越説越有自信。本書單字及會話以主題分類,內容包含日期、美食、交通工具,以及飯店入房退房的用語、購物時必背的會話等等,不論是看日劇、出國玩都一定用得到!再搭配日籍教師親自配音,提供最道地的日本語。讓您在使用中獲得源源不絕的自信以及學習動力,還能讓學日文的過程伴隨著許多快樂的回憶!

❹ 一定用得到的萬用句型,自由替換單字說出心裡話!

在學完單字和會話後,本書最後提供許多萬用的句型,並教您如何替換單字説出自己想説的話。下次去日本自助旅行時,就能暢行無阻不用靠翻譯。而從中獲得的成就感也能為您鋪順後續學習文法時的路!

❺ 初學者友善!單字、會話通通上中文+羅馬雙拼音,
   忘記假名不用怕!

體貼初學日語還不太熟悉假名的讀者們,本書貼心地將所有日文都標上「中文+羅馬拼音」,在突然忘記假名唸法時幫您找回之前學過的記憶,減少初學時經常會有的挫折感。另外,在臨時要用卻説不出口時,本書也能化身工具書,翻翻書一看便能馬上説出口!

日文要學得好,其實可以自然而然,也可以省時又愉快,只要在反覆練習的過程中慢慢進階,並且多説多用,便能快速上手。期望本書能給下定決心要學日文的您一個充滿樂趣又充實的學習體驗。

目錄
もくじ

Ch. ⑨ 基本句型

Ch. ⑩ 附錄

日語好簡單

1 日本文字

　　為什麼説我們有學日語的優勢呢？首先，日本漢字是由中國傳入的，再加上歷史背景的關係，許多老一輩的台灣人都會説日語！當然，還有這一、二十年一波波的哈日風潮等等，都深深地影響到我們的語言跟生活文化。也因為這樣，到日本旅遊看到招牌或告示，一個個最具親切感的漢字，讓沒學過日語的人，即使用猜的，也都能猜個八九不離十！

　　另外，大家都説學日語要先背「50 音」，也就是「清音表」。但眼尖的讀者只要仔細算一下，就會發現清音只有 45 個（驚喜）！原來，現在 50 音表，已刪去了重複的假名，還有現代日語不使用的假名啦！

1 日語假名表中，橫列叫作「行」：

┌─ 母音假名 ──────
│　　　　あ行
│
│　**あ、い、う、**
│　**え、お**
└──────────

┌─ 子音＋母音假名 ──
│　　　　か行
│
│　**か、き、く、**
│　**け、こ**
└──────────

　　　　　　　　　……以此類推

2 日語假名表中，直列叫作「段」：

┌─ 母音是 [a] 的假名 ──────────
│　　　　　　　　あ段
│
│　**あ、か、さ、た、な、**
│　**は、ま、や、ら、わ**
└────────────────

　　　　　　　　　……以此類推

2 50音表

清音表、撥音

	あ（ア）段	い（イ）段	う（ウ）段	え（エ）段	お（オ）段
あ（ア）行	あ（ア）a	い（イ）i	う（ウ）u	え（エ）e	お（オ）o
か（カ）行	か（カ）ka	き（キ）ki	く（ク）ku	け（ケ）ke	こ（コ）ko
さ（サ）行	さ（サ）sa	し（シ）shi	す（ス）su	せ（セ）se	そ（ソ）so
た（タ）行	た（タ）ta	ち（チ）chi	つ（ツ）tsu	て（テ）te	と（ト）to
な（ナ）行	な（ナ）na	に（ニ）ni	ぬ（ヌ）nu	ね（ネ）ne	の（ノ）no
は（ハ）行	は（ハ）ha	ひ（ヒ）hi	ふ（フ）fu	へ（ヘ）he	ほ（ホ）ho
ま（マ）行	ま（マ）ma	み（ミ）mi	む（ム）mu	め（メ）me	も（モ）mo
や（ヤ）行	や（ヤ）ya		ゆ（ユ）yu		よ（ヨ）yo
ら（ラ）行	ら（ラ）ra	り（リ）ri	る（ル）ru	れ（レ）re	ろ（ロ）ro
わ（ワ）行	わ（ワ）wa				を（ヲ）o
撥音					ん（ン）n

　當你注意到「か行、さ行、た行、は行」假名右上方多了兩點，千萬別以為是印刷錯誤，其實那就是傳說中的「濁音」喔！

　如果看到「は行」假名右上方打了小圈，絕對沒認錯，就是「半濁音」本人啦！

	あ（ア）段	い（イ）段	う（ウ）段	え（エ）段	お（オ）段
が（ガ）行	が（ガ）ga	ぎ（ギ）gi	ぐ（グ）gu	げ（ゲ）ge	ご（ゴ）go
ざ（ザ）行	ざ（ザ）za	じ（ジ）ji	ず（ズ）zu	ぜ（ゼ）ze	ぞ（ゾ）zo
だ（ダ）行	だ（ダ）da	ぢ（ヂ）ji	づ（ヅ）zu	で（デ）de	ど（ド）do
ば（バ）行	ば（バ）ba	び（ビ）bi	ぶ（ブ）bu	べ（ベ）be	ぼ（ボ）bo
ぱ（パ）行	ぱ（パ）pa	ぴ（ピ）pi	ぷ（プ）pu	ぺ（ペ）pe	ぽ（ポ）po

拗音表

きゃ（キャ）kya	きゅ（キュ）kyu	きょ（キョ）kyo
ぎゃ（ギャ）gya	ぎゅ（ギュ）gyu	ぎょ（ギョ）gyo
しゃ（シャ）sha	しゅ（シュ）shu	しょ（ショ）sho
じゃ（ジャ）ja	じゅ（ジュ）ju	じょ（ジョ）jo
ちゃ（チャ）cha	ちゅ（チュ）chu	ちょ（チョ）cho
ぢゃ（ヂャ）ja	ぢゅ（ヂュ）ju	ぢょ（ヂョ）jo
にゃ（ニャ）nya	にゅ（ニュ）nyu	にょ（ニョ）nyo
ひゃ（ヒャ）hya	ひゅ（ヒュ）hyu	ひょ（ヒョ）hyo
びゃ（ビャ）bya	びゅ（ビュ）byu	びょ（ビョ）byo
ぴゃ（ピャ）pya	ぴゅ（ピュ）pyu	ぴょ（ピョ）pyo
みゃ（ミャ）mya	みゅ（ミュ）myu	みょ（ミョ）myo
りゃ（リャ）rya	りゅ（リュ）ryu	りょ（リョ）ryo

3 日本文字怎麼構成的

現代日語主要由漢字、平假名和片假名所構成的。據研究，日本漢字最早是在一世紀左右從中國傳入。日本在引進漢字以前，一直沒有自己的文字，只有發音。當時日本人可是費盡心思，把漢字變成自己的文字喔！

不過，漢字筆畫繁多，為了方便起見，日本學者利用中國漢字造了日語的字母。這樣，「日語字母—假名」便誕生囉！那麼，究竟日文假名是怎麼由漢字演變而來呢？讓我們繼續看下去。

平假名

「平假名」是來自於中國漢字的草書，一般表記的是日本原有的字彙及為漢字標音。

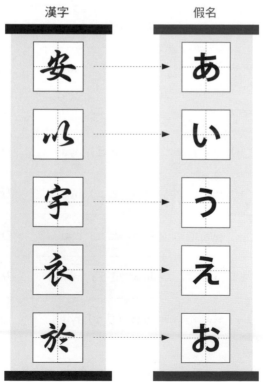

漢字　　　　　假名

安 → あ
以 → い
宇 → う
衣 → え
於 → お

片假名

「片假名」是取自中國漢字楷書的一部分（一片）造成的字母，一般表記外來語及擬聲擬態。

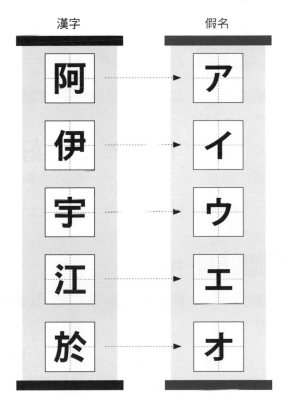

漢字　　　　　　假名

4 日文跟中文不同的地方

> 語順不一樣

　　中文句子的排列順序主要是「主詞＋動詞＋受詞」。但是，日語的動詞一般會在句子的最後面，排列順序主要是「主詞＋受詞＋動詞」。

主詞＋受詞＋動詞　　我喜歡電視劇。

我	×	電視劇	×	喜歡
wa.ta.shi	wa	do.ra.ma	ga	su.ki.de.su
私	は	ドラマ	が	好きです。
哇.它.西	哇	都.拉.媽	嘎	酥.克伊.爹.酥

主詞＋受詞＋動詞　　我看電影。

我	×	電影	×	看
wa.ta.shi	wa	e.e.ga	ga	mi.ma.su
私	は	映画	が	見ます。
哇.它.西	哇	耶.～.嘎	嘎	咪.媽.酥

日語有助詞

　日語的主詞跟受詞後面通常會接助詞，但中文並不需要助詞。主詞如左頁例句的「私 [wa.ta.shi]」，受詞如左頁例句的「ドラマ [do.ra.ma]、映画 [e.e.ga]」。

會變化的用言

　日語分體言跟用言，體言是指可以當主語，不會產生活用變化的詞彙，例如：名詞、代名詞。體言可以單獨存在；用言是指可以當述語，語尾會因為意義而產生活用變化的詞彙，例如：動詞、形容詞、助動詞。

分體言和用言

體言
名詞（如「ご飯 [go.ha.n]」／飯）、代名詞（如「私 [wa.ta.shi]」／我）

用言
動詞（如「食べる [ta.be.ru]」／吃）、形容詞（如「かわいい [ka.wa.i.i]」／可愛的）、形容動詞（如「有名 [yu.u.me.e]」／有名）

主語 指在句中，被當作主角的人或事物，也就是被敘述的對象。例如，「我吃飯」的「我」，就是這句話的主語。

述語 指在句中，對主語所發生的事情，作說明、描寫的部分。例如，「我吃飯」的「吃飯」，就是這句話的述語。

現在形　我吃飯。

我	×	飯	×	吃
wa.ta.shi	wa	go.ha.n	o	ta.be.ma.su
私	は	ご飯	を	食べます。
哇.它.西	哇	勾.哈.恩	歐	它.貝.媽.酥

（わたし）（はん）（た）

過去形　我吃過飯了。

我	×	飯	×	吃過了
wa.ta.shi	wa	go.ha.n	o	ta.be.ma.shi.ta
私	は	ご飯	を	食べました。
哇.它.西	哇	勾.哈.恩	歐	它.貝.媽.西.它

（わたし）（はん）（た）

希望形　我想吃飯。

我	×	飯	×	想吃
wa.ta.shi	wa	go.ha.n	o	ta.be.ta.i.de.su
私	は	ご飯	を	食べたいです。
哇.它.西	哇	勾.哈.恩	歐	它.貝.它.伊.爹.酥

請託形　請吃飯。

飯	×	請	吃
go.ha.n	o	ta.be.te	ku.da.sa.i
ご飯	を	食べて	ください。
勾.哈.恩	歐	它.貝.貼	枯.答.沙.伊

MEMO

Chapter 2

清音、撥音

1 あ行

日語共有五個母音，就是あ行的這五個假名。發母音的訣竅在掌握：舌位的高低、前後，口腔的開口度，以及唇形的變化。初學的時候，可以拿著鏡子，看看自己口形、舌位的變化。

口腔自然地張開到最大，雙唇放鬆，舌頭放低稍微向後縮。這個發音的開口度比「阿」還要小。要振動聲帶喔！

嘴唇自然平展，前舌面向硬顎隆起，舌尖稍稍向下，碰到下齒齦。這個發音的開口度比「衣」略小。要振動聲帶喔！

雙唇保持扁平，後舌面隆起靠近軟顎。發音的開口度比「屋」略小。要振動聲帶！要記得這個發音不是圓唇的喔！

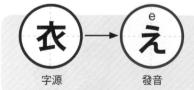

雙唇略向左右自然展開，前舌面隆起，舌尖抵住下齒，舌部的肌肉稍微用力。開口度在 [i] 和 [a] 之間。要振動聲帶喔！

唇部肌肉用力，嘴角向中間收攏，形成圓唇，舌向後縮後舌面隆起。開口度比比「喔」略小。要振動聲帶喔！

先跟著寫一次		再繼續多練幾次吧!

✏️ 動手寫寫看

背完單字自己寫看看，
學習更有效果～

單字練習

1

a.i
あ.い
愛
阿.伊

中譯▶ 愛

2

i.e
い.え
家
伊.耶

中譯▶ 房子

3

u.e
う.え
上
烏.耶

中譯▶ 上面

4

e
え
絵
耶

中譯▶ 圖畫

5

a.o
あ.お
青
阿.歐

中譯▶ 藍色

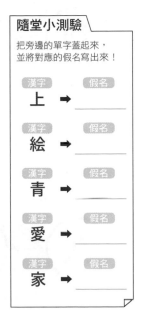

2 か行

か行是由子音 [k] 和五個母音 [ɑ] [i] [ɯ] [e] [o] 相拼而成的。[k] 讓後舌面，跟就在它上面的軟顎接觸，把氣流擋起來，然後很快放開，讓氣流衝出來。不要振動聲帶喔！

加 字源 → ka か 發音

子音 [k] ＋母音 [ɑ]，發音有點像「ㄎㄚ」。

幾 字源 → ki き 發音

子音 [k] ＋母音 [i]，發音有點像「ㄎㄧ」。

久 字源 → ku く 發音

子音 [k] ＋母音 [ɯ]，發音有點像「ㄎㄨ」。

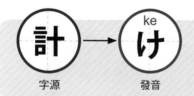

計 字源 → ke け 發音

子音 [k] ＋母音 [e]，發音有點像「ㄎㄟ」。

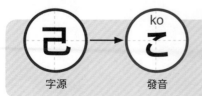

己 字源 → ko こ 發音

子音 [k] ＋母音 [o]，發音有點像「ㄎㄡ」。

動手寫寫看

先跟著寫一次　　　　　　再繼續多練幾次吧！

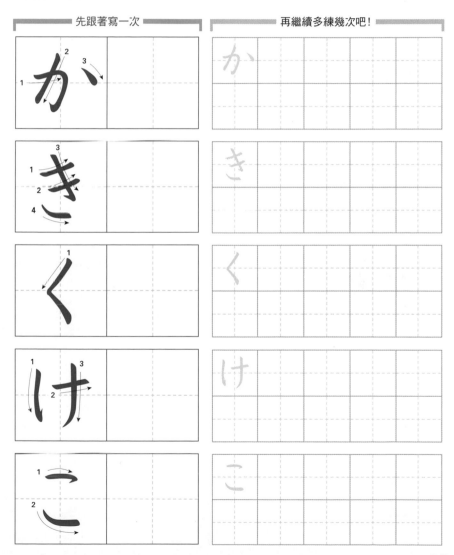

動手寫寫看

先跟著寫一次 | 再繼續多練幾次吧！

カ

キ

ク

ケ

コ

背完單字自己寫看看，
學習更有效果～

單字練習

1

ka.ki
か き
柿
卡．克伊

中譯 ▶ 柿子

隨堂小測驗

把旁邊的單字蓋起來，
並將對應的假名寫出來！

羅馬字	假名
ko.ko	➡

漢字	假名
菊	➡

漢字	假名
柿	➡

漢字	假名
駅	➡

漢字	假名
池	➡

2

e.ki
え き
駅
耶．克伊

中譯 ▶ 車站

3

ki.ku
き く
菊
克伊．枯

中譯 ▶ 菊花

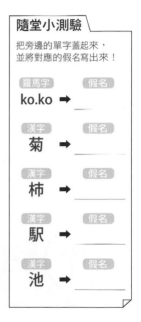

4

i.ke
い け
池
伊．克耶

中譯 ▶ 人造池塘

5

ko.ko
ここ
寇．寇

中譯 ▶ 這裡

3 さ行

さ行五個假名是子音 [s] 和母音 [ɑ] [ɯ] [e] [o]，子音 [ʃ] 和母音 [i] 相拼而成的。[s] 舌尖往上接近上齒齦，中間要留一個小小的空隙，再讓氣流從那一個小空隙摩擦而出；[ʃ] 抬起舌葉，讓舌葉接近上齒齦和硬顎，中間要形成一條窄窄的縫隙，讓氣流摩擦而出。兩個子音都不用振動聲帶喔！

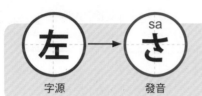

子音 [s] ＋母音 [ɑ]，發音有點像「ㄙㄚ」。

子音 [ʃ] ＋母音 [i]，發音有點像「ㄒㄧ」。

子音 [s] ＋母音 [ɯ]，發音有點像「ㄙㄨ」。

子音 [s] ＋母音 [e]，發音有點像「ㄙㄟ」。

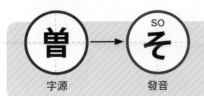

子音 [s] ＋母音 [o]，發音有點像「ㄙㄡ」。

動手寫寫看

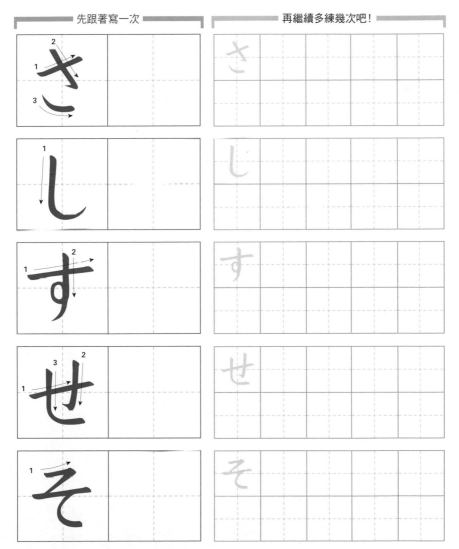

動手寫寫看

先跟著寫一次		再繼續多練幾次吧！

サ

シ

ス

セ

ソ

背完單字自己寫看看，
學習更有效果～

單字練習

1

sa.ke
さけ
酒
沙.克耶

中譯 ▶ 酒

2

a.shi
あし
足
阿.西

中譯 ▶ 腳

3

su.shi
す し
寿司
酥.西

中譯 ▶ 壽司

4

se.ki
せ き
席
誰.克伊

中譯 ▶ 座位

5

o.so.i
お そ
遅い
歐.搜.伊

中譯 ▶ 慢的

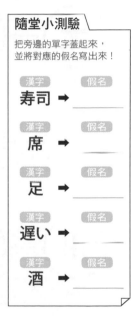

隨堂小測驗

把旁邊的單字蓋起來，
並將對應的假名寫出來！

漢字		假名
寿司	➡	_____
席	➡	_____
足	➡	_____
遅い	➡	_____
酒	➡	_____

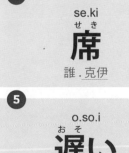

た行五個假名是子音 [t] 和母音 [ɑ] [e] [o]，子音 [tʃ] 和母音 [i]，子音 [ts] 和母音 [ɯ] 相拼而成的。其中，[t] 舌尖要頂在上齒根和齒齦之間，然後很快把它放開，讓氣流衝出。た行五個音都不用振動聲帶喔！

子音 [t] ＋母音 [ɑ]，發音有點像「ㄊㄚ」。

子音 [tʃ] ＋母音 [i]，[tʃ] 讓舌葉頂住上齒齦，把氣流擋起來，然後稍微放開，使氣流從細縫中摩擦而出。

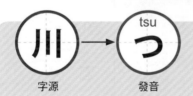

子音 [ts] ＋母音 [ɯ]，[ts] 讓舌尖頂住上齒和上齒齦交界處，把氣流擋起來，然後稍微放開，使氣流從細縫中摩擦而出。

子音 [t] ＋母音 [e]，發音有點像「ㄊㄟ」。

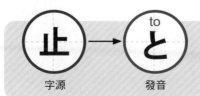

子音 [t] ＋母音 [o]，發音有點像「ㄊㄡ」。

動手寫寫看

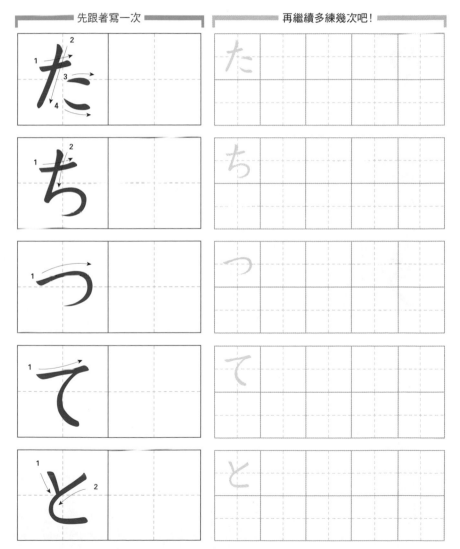

動手寫寫看

先跟著寫一次	再繼續多練幾次吧！

タ

チ

ツ

テ

ト

單字練習

背完單字自己寫看看，
學習更有效果～

1
ta.ka.i
た か
高い
它.卡.伊

中譯 ▶ 高的；貴的

隨堂小測驗

把旁邊的單字蓋起來，
並將對應的假名寫出來！

漢字　假名
年 ➡ _____

漢字　假名
暑い ➡ _____

漢字　假名
手 ➡ _____

漢字　假名
高い ➡ _____

漢字　假名
父 ➡ _____

2
chi.chi
ち ち
父
七.七

中譯 ▶ 爸爸

3
a.tsu.i
あ つ
暑い
阿.粗.伊

中譯 ▶ 熱的

4
te
て
手
貼

中譯 ▶ 手

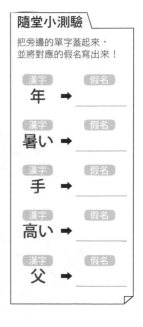

5
to.shi
と し
年
偷.西

中譯 ▶ 年紀

5 な行

な行五個假名是子音 [n] 和母音 [ɑ][ɯ][e][o]，子音 [ɲ] 和母音 [i] 相拼而成的。其中，[n] 要嘴巴張開，舌尖頂住上牙齦，把氣流擋起來，讓氣流從鼻腔跑出來；[ɲ] 讓舌面的中部抵住硬顎，把氣流擋起來，讓氣流從鼻腔跑出來。な行五個音都要振動聲帶喔！

子音 [n] ＋母音 [ɑ]，發音有點像「ㄋㄚ」。

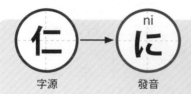

子音 [ɲ] ＋母音 [i]，發音有點像「ㄋㄧ」。

子音 [n] ＋母音 [ɯ]，發音有點像「ㄋㄨ」。

子音 [n] ＋母音 [e]，發音有點像「ㄋㄟ」。

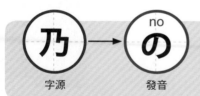

子音 [n] ＋母音 [o]，發音有點像「ㄋㄡ」。

動手寫寫看

先跟著寫一次		再繼續多練幾次吧！				
な		な				
に		に				
ぬ		ぬ				
ね		ね				
の		の				

動手寫寫看

ナ

ニ

ヌ

ネ

ノ

背完單字自己寫看看，
學習更有效果～

單字練習

1

na.tsu
なつ
夏
那.粗

中譯 ▶ 夏天

2

a.ni
あに
兄
阿.尼

中譯 ▶ 哥哥

3

i.nu
いぬ
犬
伊.奴

中譯 ▶ 狗

4

nc.ko
ねこ
猫
內.寇

中譯 ▶ 貓

5

i.no.chi
いのち
命
伊.諾.七

中譯 ▶ 生命

隨堂小測驗

把旁邊的單字蓋起來，
並將對應的假名寫出來！

漢字		假名
猫	➡	_____
犬	➡	_____
命	➡	_____
夏	➡	_____
兄	➡	_____

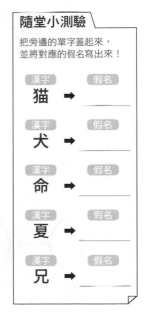

は行五個假名是子音 [h] 和母音 [ɑ] [e] [o]，子音 [ç] 和母音 [i]，子音 [Φ]
和母音 [ɯ] 相拼而成的。

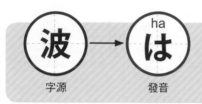

嘴巴輕鬆張開，保持後面的母音的嘴形（如
[hɑ] 就是 [ɑ] 的嘴形），然後讓氣流從聲門
摩擦而出，不要振動聲帶喔！

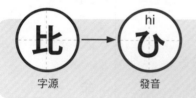

舌尖微向下，中舌面鼓起接近硬顎，形成
一條狹窄的縫隙，使氣流從中間的縫隙摩
擦而出，不要振動聲帶喔！

想像一下吹蠟燭吧！也就是雙唇靠近形成
細縫，使氣流從雙唇間摩擦而出。不要振
動聲帶！要注意嘴唇不可以太圓喔！

子音 [h] ＋母音 [e]，發音有點像「ㄏㄟ」。

子音 [h] ＋母音 [o]，發音有點像「ㄏㄡ」。

動手寫寫看

先跟著寫一次　　　　　再繼續多練幾次吧！

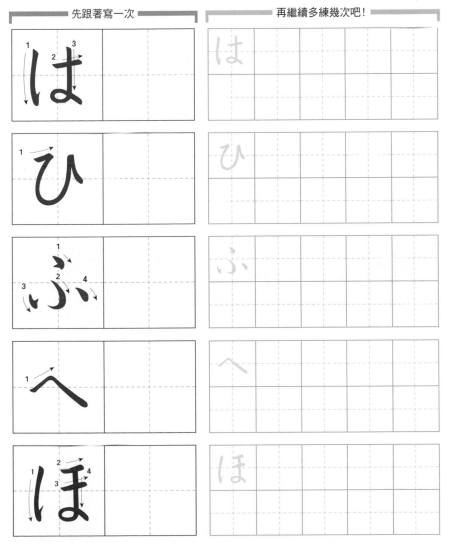

は

ひ

ふ

へ

ほ

動手寫寫看

ハ

ヒ

フ

ヘ

ホ

單字練習

背完單字自己寫看看，
學習更有效果～

1

ha.ha
は は
母
哈.哈

中譯▶ 母親

隨堂小測驗

把旁邊的單字蓋起來，
並將對應的假名寫出來！

漢字		假名
下手	➡	____

漢字		假名
星	➡	____

漢字		假名
母	➡	____

漢字		假名
一つ	➡	____

漢字		假名
二つ	➡	____

2

hi.to.tsu
ひ と
一つ
喝伊.偷.粗

中譯▶ 一個

3

fu.ta.tsu
ふ た
二つ
乎.它.粗

中譯▶ 兩個

4

he.ta
へ た
下手
黑.它

中譯▶ 笨拙

5

ho.shi
ほ し
星
后.西

中譯▶ 星星

　ま行五個假名是子音 [m] 和母音 [ɑ] [i] [ɯ] [e] [o] 相拼而成的。 [m] 要緊緊的閉住兩唇，把嘴裡的氣流給堵起來，讓氣流從鼻腔跑出來。要振動聲帶喔！

子音 [m] ＋母音 [ɑ]，發音有點像「ㄇㄚ」。

子音 [m] ＋母音 [i]，發音有點像「ㄇㄧ」。

子音 [m] ＋母音 [ɯ]，發音有點像「ㄇㄨ」。

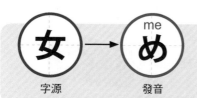

子音 [m] ＋母音 [e]，發音有點像「ㄇㄟ」。

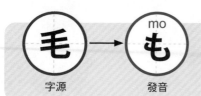

子音 [m] ＋母音 [o]，發音有點像「ㄇㄡ」。

動手寫寫看

先跟著寫一次　　　　　再繼續多練幾次吧！

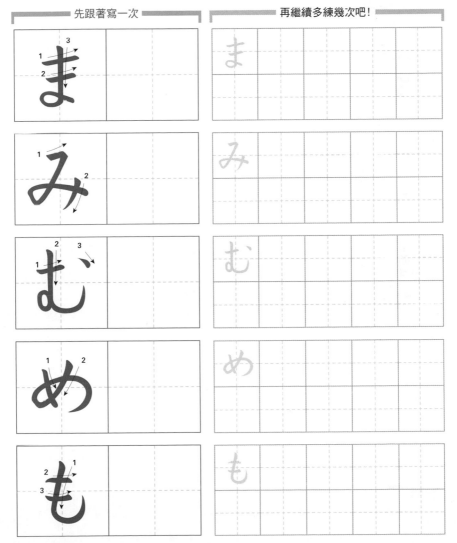

ま	
み	
む	
め	
も	

 動手寫寫看

マ

ミ

ム

メ

モ

背完單字自己寫看看，
學習更有效果～

單字練習

1

i.ma
いま
今
伊.媽

中譯 ▶ 現在

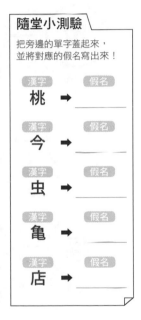

隨堂小測驗

把旁邊的單字蓋起來，
並將對應的假名寫出來！

漢字		假名
桃	➡	_____

漢字		假名
今	➡	_____

漢字		假名
虫	➡	_____

漢字		假名
亀	➡	_____

漢字		假名
店	➡	_____

2

mi.se
みせ
店
咪.誰

中譯 ▶ 商店

3

mu.shi
むし
虫
母.西

中譯 ▶ 蟲

4

ka.me
かめ
亀
卡.妹

中譯 ▶ 烏龜

5

mo.mo
もも
桃
某.某

中譯 ▶ 桃子

8 や行

や行三個假名是由半母音 [j] 和母音 [ɑ] [ɯ] [o] 相拼而成的。[j] 發音的部位跟 [i] 很像，也就是讓在舌面中間的中舌面，跟在它正上方的硬口蓋接近，而發出的聲音。要振動聲帶喔！

也 → や
字源　　發音

半母音[j]＋母音[ɑ]，發音有點像「一ㄚ」。

由 → ゆ
字源　　發音

半母音[j]＋母音[ɯ]，發音有點像「一ㄨ」。

与 → よ
字源　　發音

半母音[j]＋母音[o]，發音有點像「一ㄡ」。

ゆき／雪

先跟著寫一次	再繼續多練幾次吧！

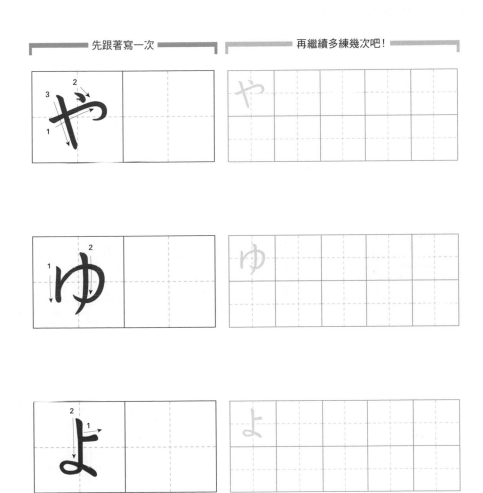

先跟著寫一次　　　　　　　　再繼續多練幾次吧！

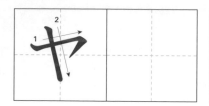

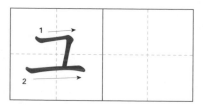

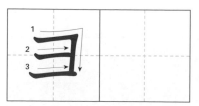

背完單字自己寫看看，
學習更有效果～

單字練習

1

i.ya
いや
嫌
伊.呀

中譯▶ 討厭

2

ya.o.ya
やおや
八百屋
呀.歐.呀

中譯▶ 蔬果店

3

fu.yu
ふゆ
冬
乎.尤

中譯▶ 冬天

4

yu.ki
ゆき
雪
尤.克伊

中譯▶ 雪

5

yo.ko
よこ
横
悠.寇

中譯▶ 横；旁邊

隨堂小測驗

把旁邊的單字蓋起來，
並將對應的假名寫出來！

漢字		假名
八百屋	➡	

漢字		假名
雪	➡	

漢字		假名
嫌	➡	

漢字		假名
冬	➡	

漢字		假名
横	➡	

9 ら行

ら行五個假名是子音 [r] 和母音 [ɑ] [i] [ɯ] [e] [o] 相拼而成的。 [r] 把舌尖翹起來輕輕碰上齒齦或硬顎，在氣流沖出時，輕彈一下，同時振動聲帶！

子音 [r] ＋母音 [ɑ]，發音有點像「ㄌㄚ」。

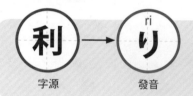

子音 [r] ＋母音 [i]，發音有點像「ㄌㄧ」。

子音 [r] ＋母音 [ɯ]，發音有點像「ㄌㄨ」。

子音 [r] ＋母音 [e]，發音有點像「ㄌㄟ」。

子音 [r] ＋母音 [o]，發音有點像「ㄌㄡ」。

動手寫寫看

—— 先跟著寫一次 ——　　　　再繼續多練幾次吧！

ら

り

る

れ

ろ

動手寫寫看

背完單字自己寫看看，
學習更有效果～

單字練習

①

sa.ku.ra
さくら
桜
沙.枯.拉

中譯 ▶ 櫻花

②

to.ri
とり
鳥
偷.里

中譯 ▶ 鳥

③

ha.ru
はる
春
哈.魯

中譯 ▶ 春天

④

ha.re
は
晴れ
哈.累

中譯 ▶ 晴天

⑤

o.fu.ro
ふろ
お風呂
歐.乎.摟

中譯 ▶ 浴室，澡堂

　わ行假名是半母音 [w] 和母音 [ɑ] 相拼而成的。[w] 發音的部位跟「う」很類似，上下兩唇稍微合攏，產生微弱的摩擦。舌面要讓它鼓起來，像個半圓形。要振動聲帶喔！

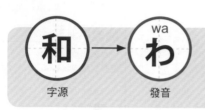

和　→　わ　wa

字源　　　發音

半母音 [w] ＋母音 [ɑ]，發音有點像「ㄨㄚ」。

かわ／河流

遠　→　を　o

字源　　　發音

發音跟「お」一樣是發 [o]。

うたをうたいます／唱歌

動手寫寫看

━━━ 先跟著寫一次 ━━━　　　　　━━━ 再繼續多練幾次吧！ ━━━

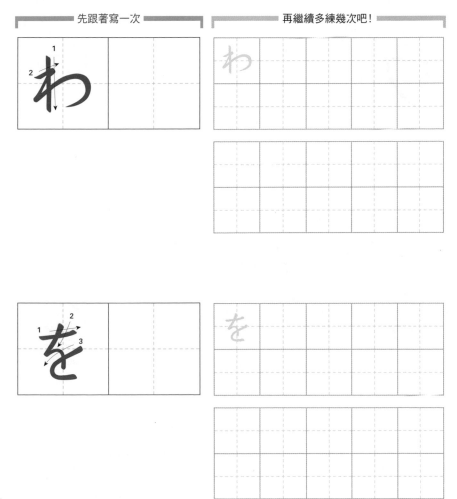

先跟著寫一次　　　　　　再繼續多練幾次吧！

ワ

ヲ

單字練習

背完單字自己寫看看，
學習更有效果～

1

wa.ta.shi
わたし
私
哇.它.西

中譯▶ 我

2

ka.wa
かわ
川
卡.哇

中譯▶ 河川

3

ni.wa
にわ
庭
尼.哇

中譯▶ 庭院

4

ni.wa.to.ri
にわとり
鶏
尼.哇.偷.里

中譯▶ 雞

5

a.wa
あわ
泡
阿.哇

中譯▶ 泡沫

隨堂小測驗

把旁邊的單字蓋起來，
並將對應的假名寫出來！

漢字		假名
庭	➡	
鶏	➡	
川	➡	
私	➡	
泡	➡	

11 撥音

撥音「ん」像隻變色龍，因為它的發音，會隨著後面的音的不同而受到影響。其實這也是為了發音上的方便，才這樣變化的。還有它只出現在詞尾或句尾喔！我們看看下面就知道了。

狀況 **1**
在子音 [m] [b] [p] 前面時，發雙唇鼻音 [m]

鉛筆

e.n.pi.tsu
えんぴつ
鉛筆
耶.恩.披.粗

狀況 **2**
在子音 [n] [t] [d] [r] [dz] 前面時，發舌尖鼻音 [n]

女人

o.n.na
おんな
女
歐.恩.那

狀況 **3**
在子音 [k] [g] 前面時，發後舌鼻音 [N]

文化

bu.n.ka
ぶんか
文化
布.恩.卡

狀況 **4**
在詞尾或句尾時，發小舌鼻音 [N]，也就是讓小舌下垂，後舌面提高，把口腔通道堵住，讓氣流從鼻腔流出來

日本

ni.ho.n
にほん
日本
尼.后.恩

動手寫寫看

先跟著寫一次 　　　　　　　再繼續多練幾次吧！

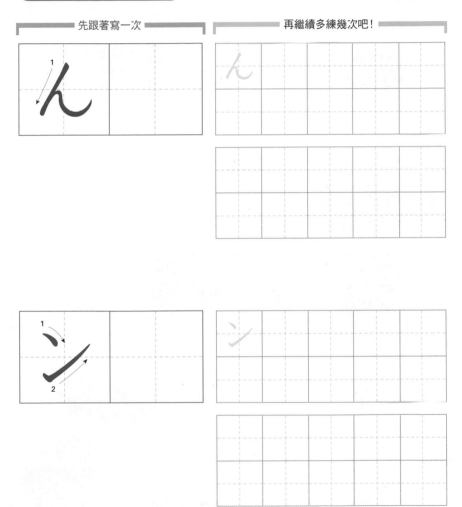

單字練習

背完單字自己寫看看，
學習更有效果～

1

ka.bi.n
か びん
花瓶
卡.逼.恩

中譯 ▶ 花瓶

2

ni.n.ni.ku
にんにく
尼.恩.尼.枯

中譯 ▶ 大蒜

3

ma.n.ga
まん が
漫画
媽.恩.嘎

中譯 ▶ 漫畫

4

ji.ka.n
じ かん
時間
基.卡.恩

中譯 ▶ 時間

5

de.n.wa
でん わ
電話
爹.恩.哇

中譯 ▶ 電話

濁音、半濁音

1 濁音 - が行

　　濁音が行五個假名是子音 [g] 和母音 [ɑ][i][ɯ][e][o] 相拼而成的。跟清音相對，在書寫的時候，要在假名的右上角標上濁音符號「ﾞ」。[g] 發音的方式，跟部位跟 [k] 一樣，不一樣的是要振動聲帶。が行假名如果是在詞中或詞尾時，子音 [g] 要發成鼻濁音。發音要領是用後舌頂住軟顎，讓氣流從鼻腔流出。

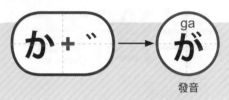

子音 [g] ＋母音 [ɑ]，發音有點像「ㄍㄚ」。

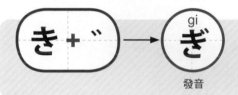

子音 [g] ＋母音 [i]，發音有點像「ㄍㄧ」。

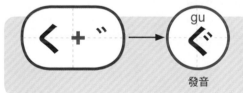

子音 [g] ＋母音 [ɯ]，發音有點像「ㄍㄨ」。

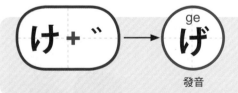

子音 [g] ＋母音 [e]，發音有點像「ㄍㄟ」。

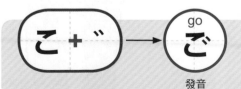

子音 [g] ＋母音 [o]，發音有點像「ㄍㄡ」。

動手寫寫看

先跟著寫一次		再繼續多練幾次吧!

が

ぎ

ぐ

げ

ご

動手寫寫看

ガ

ギ

グ

ゲ

ゴ

單字練習

背完單字自己寫看看，
學習更有效果～

①

te.ga.mi
て　が　み
手紙
貼.嘎.咪

中譯 ▶　信

②

ka.gi
か　ぎ
鍵
卡.哥伊

中譯 ▶　鑰匙

③

i.ri.gu.chi
い　　　ぐ　ち
入り口
伊.里.估.七

中譯 ▶　入口

④

ge.ta
げた
給.它

中譯 ▶　木屐

⑤

go.go
ご　　ご
午後
勾.勾

中譯 ▶　下午

隨堂小測驗

把旁邊的單字蓋起來，
並將對應的假名寫出來！

羅馬字　　假名
ge.ta ➡ ＿＿＿＿＿

漢字　　假名
手紙 ➡ ＿＿＿＿＿

漢字　　假名
午後 ➡ ＿＿＿＿＿

漢字　　假名
鍵 ➡ ＿＿＿＿＿

漢字　　假名
入り口 ➡ ＿＿＿＿＿

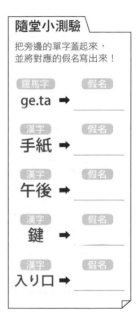

2 濁音 - ざ行

濁音ざ行五個假名是子音 [dz] 和母音 [ɑ][ɯ][e][o]，子音 [dʒ] 和母音 [i]
相拼而成的。跟清音相對，在書寫的時候，要在假名的右上角標上濁音符
號「゛」。ざ行五個音都要振動聲帶。其中，[dz] 發音的方式、部位跟 [ts] 一
樣，但 [ts] 不會震動聲帶。

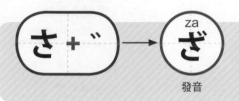

子音 [dz] +母音 [ɑ]，發音有點像
「ㄓㄚ」。

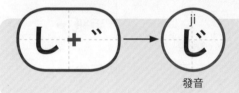

[dʒ] 舌葉抵住上齒齦，把氣流擋
起來，然後稍微放開，讓氣流從
縫隙中摩擦而出。

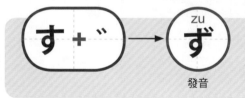

子音 [dz] +母音 [ɯ]，發音有點像
「ㄓㄨ」。

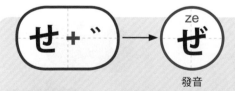

子音 [dz] +母音 [e]，發音有點像
「ㄓㄟ」。

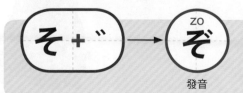

子音 [dz] +母音 [o]，發音有點像
「ㄓㄡ」。

✏ 動手寫寫看

先跟著寫一次 | 再繼續多練幾次吧！

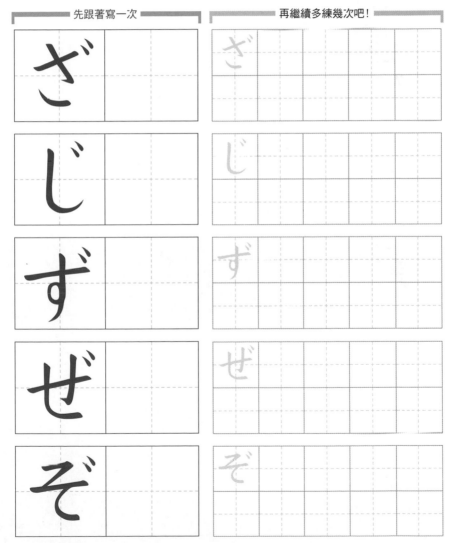

ざ

じ

ず

ぜ

ぞ

 動手寫寫看

先跟著寫一次		再繼續多練幾次吧!

ザ

ジ

ズ

ゼ

ゾ

背完單字自己寫看看，
學習更有效果～

單字練習

1
ha.i.za.ra
はいざら
灰皿
哈.伊.雜.拉

中譯 ▶ 煙灰缸

2
fu.ji.sa.n
ふ じ さん
富士山
乎.基.沙.恩

中譯 ▶ 富士山

3
chi.zu
ち ず
地図
七.茲

中譯 ▶ 地圖

4
ka.ze
か ぜ
風
卡.賊

中譯 ▶ 風

5
ka.zo.ku
か ぞ く
家族
卡.宙.枯

中譯 ▶ 家族

隨堂小測驗

把旁邊的單字蓋起來，
並將對應的假名寫出來！

漢字　　　假名
灰皿 ➡ ＿＿＿＿

漢字　　　假名
地図 ➡ ＿＿＿＿

漢字　　　假名
家族 ➡ ＿＿＿＿

漢字　　　假名
富士山 ➡ ＿＿＿＿

漢字　　　假名
風 ➡ ＿＿＿＿

濁音だ行五個假名是子音 [d] 和母音 [ɑ][e][o]，子音 [dʒ] 和母音 [i]，子音 [dz] 和母音 [ɯ] 相拼而成的。跟清音相對，在書寫的時候，要在假名的右上角標上濁音符號「゛」。假名ぢ、づ的發音跟ざ行的じ、ず完全一樣。

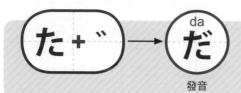

子音 [d] ＋母音 [ɑ]，[d] 發音的方式、跟部位跟 [t] 一樣，不一樣的是要振動聲帶。

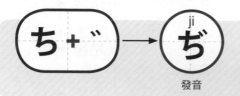

[dʒ] 發音的方式、部位跟 [ts] 一樣，不一樣的是要振動聲帶。

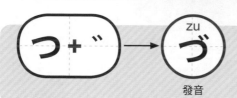

[dz] 舌葉抵住上齒齦，把氣流擋起來，然後稍微放開，讓氣流從縫隙中摩擦而出。要振動聲帶喔！

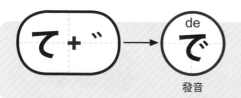

子音 [d] ＋母音 [e]，發音有點像「ㄉㄟ」。

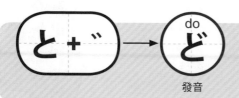

子音 [d] ＋母音 [o]，發音有點像「ㄉㄡ」。

動手寫寫看

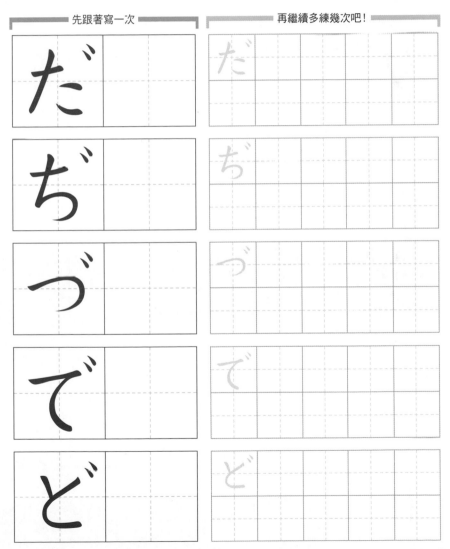

だ

ぢ

づ

で

ど

動手寫寫看

ダ

チ

ツ

デ

ド

背完單字自己寫看看，
學習更有效果～

單字練習

1

ka.ra.da
からだ
体
卡.拉.答

中譯 ▶ 身體

2

ha.na.ji
はなぢ
哈.那.基

中譯 ▶ 鼻血

3

ka.n.zu.me
かんづめ
卡.恩.茲.妹

中譯 ▶ 罐頭

4

u.de
うで
腕
烏.爹

中譯 ▶ 手腕

5

ma.do
まど
窓
媽.都

中譯 ▶ 窗戶

隨堂小測驗

把旁邊的單字蓋起來，
並將對應的假名寫出來！

漢字	假名
腕 ➡	

羅馬字	假名
ha.na.ji ➡	

漢字	假名
体 ➡	

漢字	假名
窓 ➡	

羅馬字	假名
ka.n.zu.me ➡	

　　濁音ば行五個假名是子音 [b] 和母音 [ɑ] [i] [ɯ] [e] [o]。跟清音相對，在書寫的時候，要在假名的右上角標上濁音符號「゛」。 [b] 緊緊的閉住兩唇，為了不讓氣流流往鼻腔，叫軟顎把鼻腔通道堵住，然後很快放開，讓氣流從兩唇衝出。要同時振動聲帶喔！

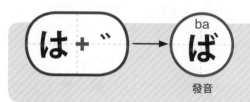

子音 [b] ＋母音 [ɑ]，發音有點像「ㄅㄚ」。

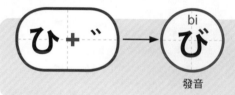

子音 [b] ＋母音 [i]，發音有點像「ㄅㄧ」。

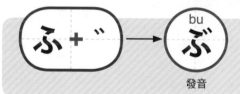

子音 [b] ＋母音 [ɯ]，發音有點像「ㄅㄨ」。

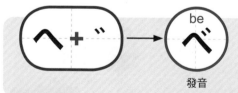

子音 [b] ＋母音 [e]，發音有點像「ㄅㄟ」。

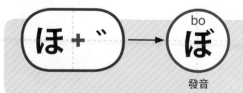

子音 [b] ＋母音 [o]，發音有點像「ㄅㄡ」。

動手寫寫看

ば

び

ぶ

べ

ぼ

動手寫寫看

バ

ビ

ブ

ベ

ボ

單字練習

背完單字自己寫看看，
學習更有效果～

1

so.ba

そば

搜.拔

中譯 ▶ 蕎麥麵

2

do.yo.o.bi

土曜日
ど よ う び

都.悠.～.逼

中譯 ▶ 星期六

3

bu.ta.ni.ku

豚肉
ぶ た に く

布.它.尼.枯

中譯 ▶ 豬肉

4

o.be.n.to.o

お弁当
べ ん と う

歐.貝.恩.偷.～

中譯 ▶ 便當

5

bo.o.shi

帽子
ぼ う し

剝.～.西

中譯 ▶ 帽子

隨堂小測驗

把旁邊的單字蓋起來，
並將對應的假名寫出來！

漢字	假名
お弁当 ➡	_____

漢字	假名
豚肉 ➡	_____

羅馬字	假名
so.ba ➡	_____

漢字	假名
帽子 ➡	_____

漢字	假名
土曜日 ➡	_____

半濁音ぱ行五個假名是子音 [p] 和母音 [ɑ][i][ɯ][e][o] 相拼而成的。在書寫的時候,要在假名的右上角標上濁音符號「。」。[p] 發音的部位跟 [b] 相同,不同的是不需要振動聲帶。發音時要乾脆。

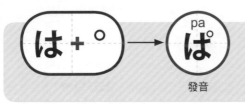

子音 [p] +母音 [ɑ],發音有點像「ㄆㄚ」。

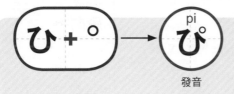

子音 [p] +母音 [i],發音有點像「ㄆㄧ」。

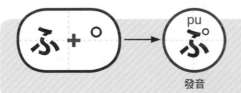

子音 [p] +母音 [ɯ],發音有點像「ㄆㄨ」。

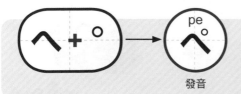

子音 [p] +母音 [e],發音有點像「ㄆㄟ」。

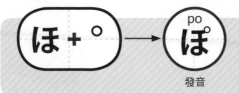

子音 [p] +母音 [o],發音有點像「ㄆㄡ」。

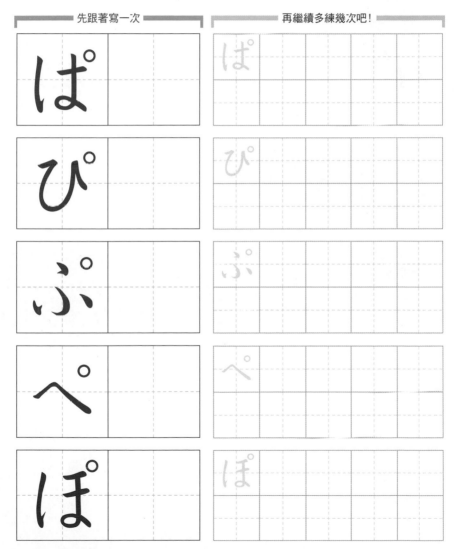

動手寫寫看

先跟著寫一次

再繼續多練幾次吧!

ぱ

ぴ

ぷ

ぺ

ぽ

動手寫寫看

先跟著寫一次

再繼續多練幾次吧!

パ

ピ

プ

ペ

ポ

單字練習

背完單字自己寫看看，
學習更有效果～

1

pa.n

パン

趴.恩

中譯 ▶ 　麵包

2

pi.a.no

ピアノ

披.阿.諾

中譯 ▶ 　鋼琴

3

te.n.pu.ra

てん
天ぷら

貼.恩.撲.拉

中譯 ▶ 　天婦羅

4

pe.n

ペン

佩.恩

中譯 ▶ 　筆

5

sa.n.po

さん　ぽ
散歩

沙.恩.剖

中譯 ▶ 　散步

隨堂小測驗

把旁邊的單字蓋起來，
並將對應的假名寫出來！

羅馬字	假名
pe.n	➡ _____

羅馬字	假名
pa.n	➡ _____

羅馬字	假名
te.n.pu.ra	➡ _____

羅馬字	假名
pi.a.no	➡ _____

漢字	假名
散步	➡ _____

MEMO

促音、長音

　　促音用寫得比較小的假名「っ」表示，片假名是「ッ」。發促音時，嘴形要保持跟它後面的子音一樣，然後好像要發出後面的子音，又不馬上發出，這樣持續停頓約一拍的時間，最後讓氣流衝出去。再一次強調，發促音的時候，是要佔一拍的喔！

　　書寫時，橫寫要靠下寫，豎寫要靠右寫。羅馬拼音是用重複促音後面的子音字母來表示。

　　促音是不單獨存在的，也不出現在詞頭、詞尾，還有撥音的後面。它只出現在詞中，一般是在「か、さ、た、ぱ」行前面。

杯子		雜誌	
更加		車票	

繼續多練幾次吧！

コ	ッ	プ

ざ	っ	し

も	っ	と

き	っ	ぷ

背完單字自己寫看看，
學習更有效果～

單字練習

1
sa.kka
さっか
作家
沙．へ卡

中譯 ▶ 作家

2
ki.ssa.te.n
きっさてん
喫茶店
克伊．へ沙．貼．恩

中譯 ▶ 咖啡廳

3
ki.tte
きって
切手
克伊．へ貼

中譯 ▶ 郵票

4
be.ddo
ベッド
貝．へ都

中譯 ▶ 床

5
su.ri.ppa
スリッパ
酥．里．へ趴

中譯 ▶ 拖鞋

2 長音

Track
18

　　長音就是把假名的母音部分，拉長一拍唸的音。要記得喔！母音長短的不同，意思就會不一樣，所以辨別母音的長短是很重要的！還有，除了撥音「ん」和促音「っ」以外，日語的每個音節都可以發成長音。另外，外來語橫式以「ー」表示，直式以「｜」表示。

狀況 1 「あ段假名後加あ」要發長音

媽媽

o.ka.a.sa.n

お母さん
かあ

歐.卡.～.沙.恩

狀況 2 「い段假名後加い」要發長音

高興

u.re.shi.i

嬉しい
う

烏.累.西.～

狀況 3 「う段假名後加う」要發長音

數學

su.u.ga.ku

数学
すうがく

酥.～.嘎.枯

狀況 4 「え段假名後加い或え」要發長音

姊姊

o.ne.e.sa.n

お姉さん
ねえ

歐.內.～.沙.恩

狀況 5 「お段假名後加う或お」發長音

爸爸

o.to.o.sa.n

お父さん
とう

歐.偷.～.沙.恩

おかあさん

うれしい

すうがく

單字練習

背完單字自己寫看看，
學習更有效果～

1
ra.a.me.n

ラーメン

拉.～.妹.恩

中譯 ▶ 拉麵

2
ko.o.hi.i

コーヒー

寇.～.喝伊.～

中譯 ▶ 咖啡

3
ku.u.ki
くうき
空気

枯.～.克伊

中譯 ▶ 空氣

4
e.e.go
えいご
英語

耶.～.勾

中譯 ▶ 英語

5
ko.o.e.n
こうえん
公園

寇.～.耶.恩

中譯 ▶ 公園

隨堂小測驗

把旁邊的單字蓋起來，
並將對應的假名寫出來！

| 漢字 | 假名 |
| 英語 | ➡ _____ |

| 羅馬字 | 假名 |
| ra.a.me.n | ➡ _____ |

| 漢字 | 假名 |
| 空気 | ➡ _____ |

| 漢字 | 假名 |
| 公園 | ➡ _____ |

| 羅馬字 | 假名 |
| ko.o.hi.i | ➡ _____ |

Chapter 5

拗音

① 拗音

1 拗音

Track **19**

由い段假名和や行相拼而成的音叫「拗音」。拗音音節只唸一拍的長度。拗音的寫法是在「い段」假名後面寫一個比較小的「ゃ」「ゅ」「ょ」，用兩個假名表示一個音節。

状況 **1** 把拗音拉長一拍，就是拗長音

棒球
ya.kyu.u
や　きゅう
野球
呀.克伊烏.～

状況 **2** 拗音後面緊跟著撥音就叫拗撥音

準備
ju.n.bi
じゅん び
準備
啾.恩.逼

状況 **3** 拗音後面如果緊跟著促音就叫拗促音

一下下
cho.tto
ちょっと
秋.～偷

⌐ **外來語的特殊表記** ⌐

為了表示日語中所沒有的外語發音，把兩個假名組合在一起，譬如「ファ（fa）」、「ティ（ti）」、「ウィ（wi）」等等。這種特殊表記就跟拗音一樣，必須把兩個音拼在一起唸，而且都是一個音節喔！

拗音的記法

主餐	副餐			點心	
（「い」以外的） い段	や	ゆ	よ	濁音	半濁音
き	きゃ	きゅ	きょ	゛	✕
し	しゃ	しゅ	しょ	゛	✕
ち	ちゃ	ちゅ	ちょ	゛	✕
に	にゃ	にゅ	にょ	✕	✕
ひ	ひゃ	ひゅ	ひょ	゛	゜
み	みゃ	みゅ	みょ	✕	✕
り	りゃ	りゅ	りょ	✕	✕

單字練習

1

kya.ku
きゃく
客
克呀.枯

中譯▶　客人

2

kyo.ne.n
きょねん
去年
克悠.內.恩

中譯▶　去年

3

shu.ku.da.i
しゅくだい
宿題
西烏.枯.答.伊

中譯▶　作業，功課

4

ko.n.nya.ku
こんにゃく
寇.恩.尼呀.枯

中譯▶　蒟蒻

5

nyu.u.su
ニュース
牛.～.酥

中譯▶　新聞

隨堂小測驗

把旁邊的單字蓋起來，
並將對應的假名寫出來！

漢字	假名
宿題 ➡	_____

羅馬字	假名
nyu.u.su ➡	_____

羅馬字	假名
ko.n.nya.ku ➡	_____

漢字	假名
去年 ➡	_____

漢字	假名
客 ➡	_____

Chapter 6

背單字小撇步

1 利用我們的優勢來記日語單字

利用我們的優勢來記日語單字

　　剛開始學新語言的時候，必須靠單字、文法不斷的累積，才能加以運用。這樣，背單字自然就成為每個語言學習者必經的道路。但是，相信有許多人都很頭痛「單字怎麼樣都背不起來」、「想到單字就一個頭兩個大」。請別緊張，前面已經說過了，日語對我們來講，其實已經深入我們的文化了。

優勢 1　用這些字，跟日本人筆談都能通。

日文漢字	唸法	羅馬拼音	中文翻譯
日本	にほん	ni.ho.n	日本
中国	ちゅうごく	chu.u.go.ku	中國
山	やま	ya.ma	山
河	かわ	ka.wa	河川

再講明白一點，下面的成語，也沒問題。

日文漢字	唸法	羅馬拼音	中文翻譯
単刀直入	たんとうちょくにゅう	ta.n.to.o.cho.ku.nyu.u	直接了當
自力更生	じりきこうせい	ji.ri.ki.ko.o.se.e	自食其力
一字千金	いちじせんきん	i.chi.ji.se.n.ki.n	價值極高

優勢 2 在日常生活中，身邊的許多小東西，都是中文裡有的。

日文漢字	假名	羅馬拼音	中文翻譯
帽子	ぼうし	bo.o.shi	帽子
扇子	せんす	se.n.su	扇子
豆腐	とうふ	to.o.fu	豆腐
煎餅	せんべい	se.n.be.e	煎餅

優勢 3 日本人超愛古語，這在國文課都上過啦！

日文漢字	假名	羅馬拼音	中文翻譯
言う	いう	i.u	說
行く	いく	i.ku	去
犬	いぬ	i.nu	狗
口	くち	ku.chi	嘴

優勢 4 同形異義字，一樣逃不出古語的手掌心。

日文漢字	假名	羅馬拼音	中文翻譯
結束	けっそく	ke.sso.ku	團結
勉強	べんきょう	be.n.kyo.o	學習
小心	しょうしん	sho.o.shi.n	膽小
放心	ほうしん	ho.o.shi.n	發呆
清楚	せいそ	se.e.so	清秀
丈夫	じょうぶ	jo.o.bu	堅固

優勢 5 清末民初，歐美新思潮的單字經由日本漢字學者翻譯成日語單字，中文直接引用的單字，這些您也都會啦！

日文漢字	假名	羅馬拼音	中文翻譯
政府	せいふ	se.e.fu	政府
経済	けいざい	ke.e.za.i	經濟
景気	けいき	ke.e.ki	景氣
法律	ほうりつ	ho.o.ri.tsu	法律
民主	みんしゅ	mi.n.shu	民主
自由	じゆう	ji.yu.u	自由

優勢 6 哈日風一波波興起，流行在年輕人跟傳播媒體的單字，您最熟悉不過了。

日文漢字	假名	羅馬拼音	中文翻譯
人気	にんき	ni.n.ki	受歡迎
職場	しょくば	sho.ku.ba	工作場所
素人	しろうと	shi.ro.u.to	門外漢
素顔	すがお	su.ga.o	未施脂粉
痴漢	ちかん	chi.ka.n	色狼
達人	たつじん	ta.tsu.ji.n	專家
福袋	ふくぶくろ	fu.ku.bu.ku.ro	百寶袋

優勢 7 直接音譯過來的，您是不是也常用呢？

直譯語	日語	羅馬拼音	中文翻譯
卡哇伊	かわいい	ka.wa.i.i	可愛
甘巴茶	がんばって	ga.n.ba.tte	加油
歐伊西	おいしい	o.i.shi.i	好吃
一級棒	いちばん	i.chi.ba.n	很棒
柏青哥	ぱちんこ	pa.chi.n.ko	小鋼珠遊戲機
歐巴桑	おばさん	o.ba.sa.n	大嬸
運將	うんちゃん	u.n.cha.n	司機

片假名	羅馬拼音	中文翻譯	英文原文
カメラ	ka.me.ra	相機	camera
テニス	te.ni.su	網球	tenis
テスト	te.su.to	考試	test
トイレ	to.i.re	廁所	toilet
バス	ba.su	公車	bus
ペン	pe.n	原子筆	pen

優勢 9　日語單字也是利用漢字的特定發音，組成另一個字。

　　將日文的「大学／だいがく／ da.i.ga.ku（大學）」跟「先生／せんせい／ se.n.se.i（老師）」這兩個字，各取出第二個字組合起來，就是單字「学生／がくせい／ ga.ku.se.i（＜大＞學生）」。

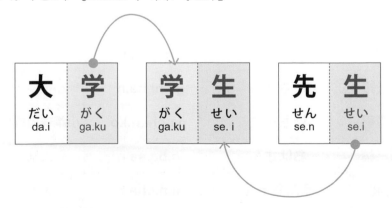

Chapter 7

實用單字

點心
o.ya.tsu.
おやつ
歐.呀.粗

下午茶時間
ti.i.ta.i.mu.
ティータイム
踢.～.它.伊.母

宵夜
ya.sho.ku.
夜食
呀.休.枯

便當
o.be.n.to.o.
お弁当
歐.貝.恩.偷.～

生魚片
sa.shi.mi.
刺身
沙.西.咪

壽司
su.shi.
すし
酥.西

鰻魚飯
u.na.ju.u.
うな重
烏.那.啾

咖哩飯
ka.re.e.ra.i.su.
カレーライス
卡.累.～.拉.伊.酥

蛋包飯
o.mu.ra.i.su.
オムライス
歐.母.拉.伊.酥

西式炒飯
pi.ra.fu.
ピラフ
披.拉.乎

炒飯
cha.a.ha.n.
チャーハン
洽.～.哈.恩

大阪燒
o.ko.no.mi.ya.ki.
お好み焼き
歐.寇.諾.咪.呀.克伊

涮涮鍋
sha.bu.sha.bu.
しゃぶしゃぶ
蝦.布.蝦.布

壽喜燒
su.ki.ya.ki.
すき焼き
酥.克伊.呀.克伊

天婦羅
te.n.pu.ra.
てんぷら
貼.恩.撲.拉

清炸食品（炸雞塊）
ka.ra.a.ge.
唐揚げ
卡.拉.阿.給

可樂餅
ko.ro.kke.
コロッケ
寇.摟.ヘ克耶

茶泡飯
o.cha.zu.ke.
お茶漬け
歐.洽.茲.克耶

醃漬黃蘿蔔
ta.ku.a.n.
たくあん
它.枯.阿.恩

鹹梅乾
u.me.bo.shi.
梅干
烏.妹.剝.西

關東煮
o.de.n.
おでん
歐.爹.恩

拉麵
ra.a.me.n.
ラーメン
拉.～.妹.恩

涼麵
hi.ya.shi.chu.u.ka.
冷やし中華
喝伊.呀.西.七烏.～.卡

炒麵
ya.ki.so.ba.
焼きそば
呀.克伊.捜.拔

蕎麥麵
so.ba.
そば
捜.拔

烏龍麵
u.do.n.
うどん
烏.都.恩

細麵（掛麵）
so.o.me.n.
そうめん
捜.～.妹.恩

歐姆蛋捲
o.mu.re.tsu.
オムレツ
歐.母.累.粗

荷包蛋
me.da.ma.ya.ki.
目玉焼き
妹.答.媽.呀.<u>克伊</u>

日式煎蛋捲
ta.ma.go.ya.ki.
卵焼き
它.媽.勾.呀.<u>克伊</u>

豬排蓋飯
ka.tsu.do.n.
カツ丼
卡.粗.都.恩

炸蝦蓋飯
te.n.do.n.
天丼
貼.恩.都.恩

雜煮（日式年糕湯）
o.zo.o.ni.
お雑煮
歐.宙.～.尼

味噌湯
mi.so.shi.ru.
みそ汁
咪.搜.西.魯

燉煮海藻（羊栖菜）
hi.ji.ki.no.ni.tsu.ke.
ひじきの煮つけ
<u>喝伊</u>.基.<u>克伊</u>.諾.尼.粗.<u>克耶</u>

下酒小菜
o.tsu.ma.mi.
おつまみ
歐.粗.媽.咪

飯
go.ha.n.
ごはん
勾.哈.恩

飯糰
o.mu.su.bi.
おむすび
歐.母.酥.逼

紅飯
se.ki.ha.n.
赤飯
誰.<u>克伊</u>.哈.恩

年糕
mo.chi.
もち
某.七

納豆
na.tto.o.
納豆
那.へ偷.～

日式年菜
o.se.chi.ryo.o.ri.
おせち料理
歐.誰.七.溜.～.里

火鍋
na.be.mo.no.
なべもの
鍋物
那.貝.某.諾

懷石料理
ka.i.se.ki.ryo.o.ri.
かいせきりょう り
懷石料理
卡.伊.誰.克伊.溜.～.里

馬鈴薯燉肉
ni.ku.ja.ga.
にく
肉じゃが
尼.枯.甲.嘎

夜市小吃
ya.ta.i.ryo.o.ri.
や たいりょう り
屋台料理
呀.它.伊.溜.～.里

漢堡排
ha.n.ba.a.gu.
ハンバーグ
哈.恩.拔.～.估

麵包
pa.n.
パン
趴.恩

三明治
sa.n.do.i.cchi.
サンドイッチ
沙.恩.都.伊.ヘ七

烤吐司
to.o.su.to.
トースト
偷.～.酥.偷

漢堡
ha.n.ba.a.ga.a.
ハンバーガー
哈.恩.拔.～.嘎.～

沙拉
sa.ra.da.
サラダ
沙.拉.答

飲料
no.mi.mo.no.
飲み物
諾.咪.某.諾

酒（酒的鄭重說法）
o.sa.ke.
お酒
歐.沙.克耶

日本酒
ni.ho.n.shu.
日本酒
尼.后.恩.西烏

清酒
se.e.shu.
清酒
誰.～.西烏

燒酒
sho.o.chu.u.
焼酎
休.～.七烏.～

賞花酒
ha.na.mi.za.ke.
花見酒
哈.那.咪.雜.克耶

賞月酒
tsu.ki.mi.za.ke.
月見酒
粗.克伊.咪.雜.克耶

賞雪酒
yu.ki.mi.za.ke.
雪見酒
尤.克伊.咪.雜.克耶

啤酒
bi.i.ru.
ビール
逼.～.魯

葡萄酒
wa.i.n.
ワイン
哇.伊.恩

威士忌
u.i.su.ki.i.
ウイスキー
烏.伊.酥.克伊.～

加水酒
mi.zu.wa.ri.
水割り
咪.茲.哇.里

雞尾酒	波本威士忌	白蘭地
ka.ku.te.ru.	ba.a.bo.n.	bu.ra.n.de.e.
カクテル	**バーボン**	**ブランデー**
卡.枯.貼.魯	拔.～.剝.恩	布.拉.恩.爹.～

萊姆酒	茶	綠茶
ra.mu.	o.cha.	ryo.ku.cha.
ラム	**お茶** ちゃ	**緑茶** りょくちゃ
拉.母	歐.洽	溜.枯.洽

紅茶	烏龍茶	麥茶
ko.o.cha.	u.u.ro.n.cha.	mu.gi.cha.
紅茶 こうちゃ	**ウーロン茶** ちゃ	**麦茶** むぎちゃ
寇.～.洽	烏.～.攎.恩.洽	母.哥伊.洽

抹茶	咖啡	健康茶
ma.ccha.	ko.o.hi.i.	ke.n.ko.o.cha.
抹茶 まっちゃ	**コーヒー**	**健康茶** けんこうちゃ
媽.ㄟ洽	寇.～.喝伊.～	克耶.恩.寇.～.洽

可可亞	果汁	礦泉水
ko.ko.a.	ju.u.su.	mi.ne.ra.ru.wo.o.ta.a.
ココア	**ジュース**	**ミネラルウォーター**
寇.寇.阿	啾.～.酥	咪.內.拉.魯.烏歐.～.它.～

蔬菜果汁
ya.sa.i.ju.u.su.
野菜ジュース
_{や さい}
呀.沙.伊.啾.～.酥

運動飲料
su.po.o.tsu.do.ri.n.ku.
スポーツドリンク
酥.剝.～.粗.都.里.恩.枯

營養補充飲料
e.e.yo.o.do.ri.n.ku.
栄養ドリンク
_{えいよう}
耶.～.悠.～.都.里.恩.枯

牛奶

gyu.u.nyu.u.
牛乳
_{ぎゅうにゅう}
哥伊烏.～.牛烏.～

碳酸飲料
ta.n.sa.n.i.n.ryo.o.
炭酸飲料
_{たんさんいんりょう}
它.恩.沙.恩.伊.恩.溜.～

開水，熱水
o.yu.
お湯
_ゆ
歐.尤

MEMO

衣服
fu.ku.
服
乎.枯

衣服，和服
ki.mo.no.
着物
克伊.某.諾

西裝襯衫
wa.i.sha.tsu.
ワイシャツ
哇.伊.蝦.粗

襯衫
sha.tsu.
シャツ
蝦.粗

大衣
o.o.ba.a.
オーバー
歐.～.拔.～

上衣，外衣
u.wa.gi.
上着
烏.哇.哥伊

毛衣
se.e.ta.a.
セーター
誰.～.它.～

西裝
se.bi.ro.
背広
誰.逼.摟

西服，西裝
yo.o.fu.ku.
洋服
悠.～.乎.枯

外套，大衣
ko.o.to.
コート
寇.～.偷

裙子
su.ka.a.to.
スカート
酥.卡.～.偷

西裝褲
zu.bo.n.
ズボン
茲.剝.恩

套裝	禮服	連身裙
su.u.tsu.	do.re.su.	wa.n.pi.i.su.
スーツ	ドレス	ワンピース
酥.～.粗	都.累.酥	哇.恩.披.～.酥

短外套，夾克	針織開襟衫	女用罩衫
ja.ke.tto.	ka.a.di.ga.n.	bu.ra.u.su.
ジャケット	カーディガン	ブラウス
甲.克耶.ㄟ偷	卡.～.低.嘎.恩	布.拉.烏.酥

Ｔ恤	下半身衣服	穿著搭配
ti.i.sha.tsu.	bo.to.mu.su.	ko.o.di.ne.e.to.
Ｔシャツ	ボトムス	コーディネート
踢.～.蝦.粗	剝.偷.母.酥	寇.～.低.內.～.偷

細肩帶背心（小可愛）	襯裙	泳衣
kya.mi.so.o.ru.	su.ri.ppu.	mi.zu.gi.
キャミソール	スリップ	水着
克呀.咪.搜.～.魯	酥.里.ㄟ撲	咪.茲.哥伊

結婚禮服	睡衣	圍裙
we.di.n.gu.do.re.su.	pa.ja.ma.	e.pu.ro.n.
ウェディングドレス	パジャマ	エプロン
威.低.恩.估.都.累.酥	趴.甲.媽	耶.撲.摟.恩

浴衣

yu.ka.ta.
浴衣
ゆ か た
尤.卡.它

半截式外褂

ha.ppi.
はっぴ
哈.ヘ披

內衣

shi.ta.gi.
下着
し た ぎ
西.它.哥伊

胸罩

bu.ra.ja.a.
ブラジャー
布.拉.甲.～

MEMO

4 配件及隨身物品

帽子
bo.o.shi.
帽子
剝.～.西

棒球帽
ya.kyu.u.bo.o.
野球帽
呀.克伊烏.～.剝.～

學生帽
ga.ku.se.e.bo.o.
学生帽
嘎.枯.誰.～.剝.～

安全帽，頭盔
he.ru.me.tto.
ヘルメット
黑.魯.妹.ヘ偷

巴拿馬草帽
pa.na.ma.bo.o.
パナマ帽
趴.那.媽.剝.～

領帶
ne.ku.ta.i.
ネクタイ
內.枯.它.伊

傘
ka.sa.
傘
卡.沙

錢包
sa.i.fu.
財布
沙.伊.乎

包包，提包
ka.ba.n.
かばん
卡.拔.恩

手提旅行箱
su.u.tsu.ke.e.su.
スーツケース
酥.～.粗.克耶.～.酥

眼鏡
me.ga.ne.
眼鏡
妹.嘎.內

戒指
yu.bi.wa.
指輪
尤.逼.哇

皮帶
be.ru.to.
ベルト
貝.魯.偷

（和服）腰帶
o.bi.
帯
おび
歐.逼

（女用）手提袋
ba.ggu.
バッグ
拔.ㄟ估

圍巾
ma.fu.ra.a.
マフラー
媽.乎.拉.～

圍巾，絲巾
su.ka.a.fu.
スカーフ
酥.卡.～.乎

手帕
ha.n.ka.chi.
ハンカチ
哈.恩.卡.七

太陽眼鏡
sa.n.gu.ra.su.
サングラス
沙.恩.估.拉.酥

手錶
u.de.do.ke.e.
腕時計
うでどけい
烏.爹.都.克耶.～

珠寶首飾
ju.e.ri.i.
ジュエリー
啾.耶.里.～

髮夾
he.a.pi.n.
ヘアピン
黑.阿.披.恩

項鍊
ne.kku.re.su.
ネックレス
內.ㄟ枯.累.酥

耳環
i.ya.ri.n.gu.
イヤリング
伊.呀.里.恩.估

（穿孔式）耳環
pi.a.su.
ピアス
披.阿.酥

胸針
bu.ro.o.chi.
ブローチ
布.撈.～.七

寬邊帽
so.n.bu.re.ro.
ソンブレロ
搜.恩.布.累.撈

遮陽帽

sa.n.ba.i.za.a.

サンバイザー

沙.恩.拔.伊.雜.～

棒球帽

kya.ppu.

キャップ

克呀.～撲

手套

te.bu.ku.ro.

手袋
て ぶくろ

貼.布.枯.攄

防曬手套

hi.ya.ke.do.me.te.bu.ku.ro.

日焼け止め手袋
ひ や ど て ぶくろ

喝伊.呀.克耶.都.妹
.貼.布.枯.攄

背包

ryu.kku.sa.kku.

リュックサック

里烏.～枯.沙.～枯

書包（學生用）

ra.n.do.se.ru.

ランドセル

拉.恩.都.誰.魯

MEMO

5 顏色、大小等

白色
shi.ro.i.
しろ
白い
西.攄.伊

黑色
ku.ro.i.
くろ
黒い
枯.攄.伊

灰色
ha.i.i.ro.
はいいろ
灰色
哈.伊.伊.攄

綠色
mi.do.ri.
みどり
緑
咪.都.里

藍色；綠的
a.o.i.
あお
青い
阿.歐.伊

紅色
a.ka.i.
あか
赤い
阿.卡.伊

粉紅色
pi.n.ku.
ピンク
披.恩.枯

紫色
mu.ra.sa.ki.
むらさき
紫
母.拉.沙.克伊

桃紅色
mo.mo.i.ro.
ももいろ
桃色
某.某.伊.攄

茶色
cha.i.ro.
ちゃいろ
茶色
洽.伊.攄

黃色
ki.i.ro.i.
きいろ
黄色い
克伊.伊.攄.伊

橘色
o.re.n.ji.i.ro.
いろ
オレンジ色
歐.累.恩.基.伊.攄

金色	銀色	大的，巨大的；廣大的
ki.n.i.ro. きんいろ **金色** 克伊.恩.伊.攞	gi.n.i.ro. ぎんいろ **銀色** 哥伊.恩.伊.攞	o.o.ki.i. おお **大きい** 歐.～.克伊.～

小的，幼小的	長的，長久的	短的
chi.i.sa.i. ちい **小さい** 七.～.沙.伊	na.ga.i. なが **長い** 那.嘎.伊	mi.ji.ka.i. みじか **短い** 咪.基.卡.伊

厚的	薄的，淡的	重的，沉重的
a.tsu.i. あつ **厚い** 阿.粗.伊	u.su.i. うす **薄い** 烏.酥.伊	o.mo.i. おも **重い** 歐.某.伊

輕的，輕巧的	暗的，黑暗的，陰暗的	明亮的，光明的
ka.ru.i. かる **軽い** 卡.魯.伊	ku.ra.i. くら **暗い** 枯.拉.伊	a.ka.ru.i. あか **明るい** 阿.卡.魯.伊

細的，細小的，狹窄的	圓形的	多的
ho.so.i. ほそ **細い** 后.搜.伊	ma.ru.i. まる **丸い** 媽.魯.伊	o.o.i. おお **多い** 歐.～.伊

少的

su.ku.na.i.
<ruby>少<rt>すく</rt></ruby>ない

酥.枯.那.伊

MEMO

6 日本景點（東京及周邊）

淺草雷門
a.sa.ku.sa.ka.mi.na.ri.mo.n.
あさくさかみなりもん
浅草雷門
阿.沙.枯.沙.卡.咪.那.里.某.恩

東京晴空塔
to.o.kyo.o.su.ka.i.tsu.ri.i.
とうきょう
東京スカイツリー
偷.～.克悠.～.酥.卡.伊.粗.里.～

上野恩賜公園
u.e.no.o.n.shi.ko.o.e.n.
うえ の おん し こうえん
上野恩賜公園
烏.耶.諾.歐.恩.西.寇.～.耶.恩

上野阿美橫町
u.e.no.a.me.yo.ko.
うえ の　　　よこ
上野アメ横
烏.耶.諾.阿.妹.悠.寇

秋葉原
a.ki.ha.ba.ra.
あき は ばら
秋葉原
阿.克伊.哈.拔.拉

東京車站
to.o.kyo.o.e.ki.
とうきょうえき
東京駅
偷.～.克悠.～.耶.克伊

銀座
gi.n.za.
ぎんざ
銀座
哥伊.恩.雜

築地市場
tsu.ki.ji.i.chi.ba.
つき じ いち ば
築地市場
粗.克伊.基.伊.七.拔

台場
o.da.i.ba.
だい ば
お台場
歐.答.伊.拔

東京塔
to.o.kyo.o.ta.wa.a.
とうきょう
東京タワー
偷.～.克悠.～.它.哇.～

六本木
ro.ppo.n.gi.
ろっぽん ぎ
六本木
摟.ヘ剖.恩.哥伊

渋谷
si.bu.ya.
しぶ や
渋谷
西.布.呀

原宿

ha.ra.ju.ku.
はらじゅく
原宿

哈.拉.啾.枯

表參道

o.mo.te.sa.n.do.o.
おもてさんどう
表参道

歐.某.貼.沙.恩.都.～

竹下通

ta.ke.shi.ta.do.o.ri.
たけしたどお
竹下通り

它.克耶.西.它.都.～.里

明治神宮

me.e.ji.ji.n.gu.u.
めいじじんぐう
明治神宮

妹.～.基.基.恩.估.～

下北澤

shi.mo.ki.ta.za.wa.
しもきたざわ
下北沢

西.某.克伊.它.雜.哇

吉祥寺

ki.chi.jo.o.ji.
きちじょうじ
吉祥寺

克伊.七.久.～.基

新宿

shi.n.ju.ku.
しんじゅく
新宿

西.恩.啾.枯

新宿御苑

shi.n.ju.ku.gyo.e.n.
しんじゅくぎょえん
新宿御苑

西.恩.啾.枯.哥悠.耶.恩

池袋

i.ke.bu.ku.ro.
いけぶくろ
池袋

伊.克耶.布.枯.攏

迪士尼樂園

di.zu.ni.i.ra.n.do.
ディズニーランド

低.茲.尼.～.拉.恩.都

二條城
ni.jo.o.jo.o.
にじょうじょう
二条城
尼.久.～.久.～

錦市場
ni.shi.ki.i.chi.ba.
にしきいちば
錦市場
尼.西.克伊.伊.七.拔

四條河原町
shi.jo.o.ka.wa.ra.ma.chi.
しじょうかわらまち
四条河原町
西.久.～.卡.哇.拉.媽.七

祇園
gi.o.n.
ぎおん
祇園
哥伊.歐.恩

八坂神社
ya.sa.ka.ji.n.ja.
やさかじんじゃ
八坂神社
呀.沙.卡.基.恩.甲

清水寺
ki.yo.mi.zu.de.ra.
きよみずでら
清水寺
克伊.悠.咪.茲.爹.拉

平安神宮
he.e.a.n.ji.n.gu.u.
へいあんじんぐう
平安神宮
黑.～.阿.恩.基.恩.估.～

哲學之道
te.tsu.ga.ku.no.mi.chi.
てつがく　みち
哲学の道
貼.粗.嘎.枯.諾.咪.七

銀閣寺
gi.n.ka.ku.ji.
ぎんかくじ
銀閣寺
哥伊.恩.卡.枯.基

金閣寺
ki.n.ka.ku.ji.
きんかくじ
金閣寺
克伊.恩.卡.枯.基

東映太秦電影村
to.o.e.e.u.zu.ma.sa.e.e.ga.mu.ra.
とうえいうずまさえい　が　むら
東映太秦映画村
偷.～.耶.～.烏.茲.媽
.沙.耶.～.嘎.母.拉

嵐山
a.ra.shi.ya.ma.
あらしやま
嵐山
阿.拉.西.呀.媽

伏見稲荷大社
fu.shi.mi.i.na.ri.ta.i.sha.
ふしみ いなりたいしゃ
伏見稲荷大社
乎.西.咪.伊.那.里.它.伊.蝦

難波
na.n.ba.
なんば
難波
那.恩.拔

道頓堀
do.o.to.n.bo.ri.
どうとんぼり
道頓堀
都.～.偷.恩.剝.里

美國村
a.me.ri.ka.mu.ra.
むら
アメリカ村
阿.妹.里.卡.母.拉

心齋橋
shi.n.sa.i.ba.shi.
しんさいばし
心斎橋
西.恩.沙.伊.拔.西

日本橋電電城
ni.ppo.n.ba.shi.de.n.de.n.ta.u.n
にっぽんばし
日本橋でんでんタウン
尼.ㄟ剖.恩.拔.西.爹
.恩.爹.恩.它.烏.恩

黑門市場
ku.ro.mo.n.i.chi.ba.
くろもんいちば
黒門市場
枯.攞.某.恩.伊.七.拔

中之島
na.ka.no.shi.ma.
なかのしま
中之島
那.卡.諾.西.媽

梅田空中庭園
u.me.da.su.ka.i.bi.ru.
うめだ
梅田スカイビル
烏.妹.答.酥.卡.伊.逼.魯

大阪城天守閣
o.o.sa.ka.jo.o.te.n.shu.ka.ku.
おおさかじょうてんしゅかく
大阪城天守閣
歐.～.沙.卡.久.～
.貼.恩.西烏.卡.枯

通天閣
tsu.u.te.n.ka.ku.
つうてんかく
通天閣
粗.～.貼.恩.卡.枯

環球影城
yu.u.e.su.je.e.
ユーエスジェー
US J
尤.～.耶.酥.接.～

海遊館
ka.i.yu.u.ka.n.
かいゆうかん
海遊館
卡.伊.尤.～.卡.恩

北野異人館
ki.ta.no.i.ji.n.ka.n.
きたの いじんかん
北野異人館
克伊.它.諾.伊.基
.恩.卡.恩

神戸港
ko.o.be.ko.o.
こうべこう
神戸港
寇.～.貝.寇.～

摩耶山

ma.ya.sa.n.
まやさん
摩耶山
媽．呀．沙．恩

六甲山

ro.kko.o.sa.n.
ろっこうさん
六甲山
摟．ㄟ寇．～．沙．恩

有馬溫泉

a.ri.ma.o.n.se.n.
ありまおんせん
有馬溫泉
阿．里．媽．歐．恩．誰．恩

明石海峽大橋

a.ka.shi.ka.i.kyo.o.o.o.ha.shi.
あかしかいきょうおおはし
明石海峽大橋
阿．卡．西．卡．伊．克悠
．～．歐．～．哈．西

東大寺

to.o.da.i.ji.
とうだいじ
東大寺
偷．～．答．伊．基

奈良公園

na.ra.ko.o.e.n.
ならこうえん
奈良公園
那．拉．寇．～．耶．恩

春日大社

ka.su.ga.ta.i.sha.
かすがたいしゃ
春日大社
卡．酥．嘎．它．伊．蝦

興福寺

ko.o.fu.ku.ji.
こうふくじ
興福寺
寇．～．乎．枯．基

蔬果店，菜舖	圖書館	百貨公司
ya.o.ya. やおや **八百屋** 呀.歐.呀	to.sho.ka.n. としょかん **図書館** 偷.休.卡.恩	de.pa.a.to. **デパート** 爹.趴.～.偷

郵局	派出所	銀行
yu.u.bi.n.kyo.ku. ゆうびんきょく **郵便局** 尤.～.逼.恩.克悠.枯	ko.o.ba.n. こうばん **交番** 寇.～.拔.恩	gi.n.ko.o. ぎんこう **銀行** 哥伊.恩.寇.～

電影院	咖啡店	飯店，旅館
e.e.ga.ka.n. えいがかん **映画館** 耶.～.嘎.卡.恩	ki.ssa.te.n. きっさてん **喫茶店** 克伊.へ沙.貼.恩	ho.te.ru. **ホテル** 后.貼.魯

休閒飯店	旅館	食堂，餐廳
ri.zo.o.to.ho.te.ru. **リゾートホテル** 里.宙.～.偷.后.貼.魯	ryo.ka.n. りょかん **旅館** 溜.卡.恩	sho.ku.do.o. しょくどう **食堂** 休.枯.都.～

教會	報社	工廠
kyo.o.ka.i. きょうかい **教会** 克悠.～.卡.伊	shi.n.bu.n.sha. しんぶんしゃ **新聞社** 西.恩.布.恩.蝦	ko.o.jo.o. こうじょう **工場** 寇.～.久.～

理髮店，理髮師	美術館	動物園
to.ko.ya. とこや **床屋** 偷.寇.呀	bi.ju.tsu.ka.n. びじゅつかん **美術館** 逼.啾.粗.卡.恩	do.o.bu.tsu.e.n. どうぶつえん **動物園** 都.～.布.粗.耶.恩

大使館	加油站	公園
ta.i.shi.ka.n. たいしかん **大使館** 它.伊.西.卡.恩	ga.so.ri.n.su.ta.n.do. **ガソリンスタンド** 嘎.搜.里.恩.酥.它.恩.都	ko.o.e.n. こうえん **公園** 寇.～.耶.恩

寺廟	神社	店，商店
te.ra. てら **寺** 貼.拉	ji.n.ja. じんじゃ **神社** 基.恩.甲	mi.se. みせ **店** 咪.誰

高樓大廈	建築物，房屋	公寓
bi.ru. **ビル** 逼.魯	ta.te.mo.no. たてもの **建物** 它.貼.某.諾	a.pa.a.to. **アパート** 阿.趴.～.偷

公司
ka.i.sha.
かいしゃ
会社
卡.伊.蝦

花店
ha.na.ya.
はなや
花屋
哈.那.呀

寵物店
pe.tto.sho.ppu.
ペットショップ
佩.ヘ偷.休.ヘ撲

電器行
de.n.ki.ya.
でんきや
電器屋
爹.恩.克伊.呀

書店
ho.n.ya.
ほんや
本屋
后.恩.呀

便利商店
ko.n.bi.ni.
コンビニ
寇.恩.逼.尼

家具行
ka.gu.ya.
かぐや
家具屋
卡.估.呀

樂器行
ga.kki.ya.
がっきや
楽器屋
嘎.ヘ克伊.呀

超市
su.u.pa.a.ma.a.ke.tto.
スーパーマーケット
酥.～.趴.～.媽.～.克
耶.ヘ偷

公共澡堂
se.n.to.o.
せんとう
銭湯
誰.恩.偷.～

購物中心
sho.ppi.n.gu.mo.o.ru.
ショッピングモール
休.ヘ披.恩.估.某.～.魯

市場
i.chi.ba.
いちば
市場
伊.七.拔

雜貨店
za.kka.ya.
ざっかや
雑貨屋
雜.ヘ卡.呀

手工藝品店
shu.ge.e.ya.
しゅげいや
手芸屋
西烏.給.～.呀

報紙販賣店
shi.n.bu.n.ha.n.ba.i.te.n.
しんぶんはんばいてん
新聞販売店
西.恩.布.恩.哈.恩
.拔.伊.貼.恩

舊書店	文具行	珠寶店
fu.ru.ho.n.ya. ふるほん や **古本屋** 乎.魯.后.恩.呀	bu.n.bo.o.gu.ya. ぶんぼう ぐ や **文房具屋** 布.恩.剝.～.估.呀	ho.o.se.ki.te.n. ほうせきてん **宝石店** 后.～.誰.<u>克伊</u>.貼.恩

日式和服店	五金行	鞋店
go.fu.ku.ya. ご ふくや **呉服屋** 勾.乎.枯.呀	ka.na.mo.no.ya. かなもの や **金物屋** 卡.那.某.諾.呀	ku.tsu.ya. くつや **靴屋** 枯.粗.呀

倉庫	榻榻米行	眼鏡行
so.o.ko. そう こ **倉庫** 捜.～.寇	ta.ta.mi.ya. たたみ や **畳屋** 它.它.咪.呀	me.ga.ne.ya. め がね や **眼鏡屋** 妹.嘎.內.呀

藥局	報社	洗衣店
ya.kkyo.ku. やっきょく **薬局** 呀.ヘ<u>克悠</u>.枯	shi.n.bu.n.sha. しんぶんしゃ **新聞社** 西.恩.布.恩.蝦	ku.ri.i.ni.n.gu.te.n. てん **クリーニング店** 枯.里.～.尼.恩.估.貼.恩

樂透販賣店	電話公司	快速影印行
ta.ka.ra.ku.ji.u.ri.ba. たから　う　ば **宝くじ売り場** 它.卡.拉.枯.基.烏.里.拔	de.n.wa.kyo.ku. でん わ きょく **電話局** 爹.恩.哇.<u>克悠</u>.枯	pu.ri.n.to.sho.ppu. **プリントショップ** 撲.里.恩.偷.休.ヘ撲

民宿

pe.n.sho.n.

ペンション

佩.恩.休.恩

電視台

ho.o.so.o.kyo.ku.
ほうそうきょく
放送局

后.～.搜.～.克悠.枯

卡拉 OK 店

ka.ra.o.ke.bo.kku.su.

カラオケボックス

卡.拉.歐.克耶.剝.へ
枯.酥

電動玩具店

ge.e.mu.se.n.ta.a.

ゲームセンター

給.～.母.誰.恩.它.～

醫院

byo.o.i.n.
びょういん
病院

比悠.～.伊.恩

劇場

ge.ki.jo.o.
げきじょう
劇場

給.克伊.久.～

博物館

ha.ku.bu.tsu.ka.n.
はくぶつかん
博物館

哈.枯.布.粗.卡.恩

賽車場

sa.a.ki.tto.jo.o.
じょう
サーキット場

沙.～.克伊.へ偷.久.～

植物園

sho.ku.bu.tsu.e.n.
しょくぶつえん
植物園

休.枯.布.粗.耶.恩

水族館

su.i.zo.ku.ka.n.
すいぞくかん
水族館

酥.伊.宙.枯.卡.恩

主題公園

te.e.ma.pa.a.ku.

テーマパーク

貼.～.媽.趴.～.枯

賽馬場

ke.e.ba.jo.o.
けいばじょう
競馬場

克耶.～.拔.久.～

賽車場

ke.e.ri.n.jo.o.
けいりんじょう
競輪場

克耶.～.里.恩.久.～

運動場

su.ta.ji.a.mu.

スタジアム

酥.它.基.阿.母

投幣式停車場

ko.i.n.pa.a.ku.

コインパーク

寇.伊.恩.趴.～.枯

車子，汽車
ku.ru.ma.
くるま
車
枯.魯.媽

車，汽車
ji.do.o.sha.
じ どうしゃ
自動車
基.都.～.蝦

電車
de.n.sha.
でんしゃ
電車
爹.恩.蝦

地下鐵
chi.ka.te.tsu.
ち か てつ
地下鉄
七.卡.貼.粗

火車
ki.sha.
き しゃ
汽車
克伊.蝦

單軌電車
mo.no.re.e.ru.
モノレール
某.諾.累.～.魯

路面電車
ro.me.n.de.n.sha.
ろ めんでんしゃ
路面電車
摟.妹.恩.爹.恩.蝦

纜車
ro.o.pu.we.i.
ロープウェイ
摟.～.撲.威.伊

計程車
ta.ku.shi.i.
タクシー
它.枯.西.～

摩托車
o.o.to.ba.i.
オートバイ
歐.～.偷.拔.伊

腳踏車
ji.te.n.sha.
じ てんしゃ
自転車
基.貼.恩.蝦

巴士
ba.su.
バス
拔.酥

雙層巴士
ni.ka.i.da.te.ba.su.
にかいだ
二階建てバス
尼．卡．伊．答．貼．拔．酥

機場巴士
ri.mu.ji.n.
リムジン
里．母．基．恩

貨車
to.ra.kku.
トラック
偷．拉．ヘ枯

飛機
hi.ko.o.ki.
ひこうき
飛行機
喝伊．寇．～．克伊

飛行船
hi.ko.o.se.n.
ひこうせん
飛行船
喝伊．寇．～．誰．恩

直昇機
he.ri.ko.pu.ta.a.
ヘリコプター
黑．里．寇．撲．它．～

船
fu.ne.
ふね
船
乎．內

遊艇
yo.tto.
ヨット
悠．ヘ偷

渡輪（觀光遊艇）
fe.ri.i.
フェリー
非．里．～

潛水艦
se.n.su.i.ka.n.
せんすいかん
潛水艦
誰．恩．酥．伊．卡．恩

觀光船
yu.u.ra.n.se.n.
ゆうらんせん
遊覧船
尤．～．拉．恩．誰．恩

交通工具
no.ri.mo.no.
の　　　もの
乗り物
諾．里．某．諾

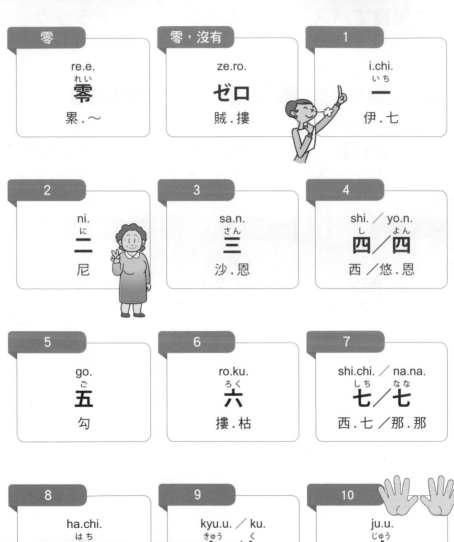

零	零，沒有	1
re.e. れい **零** 累.～	ze.ro. **ゼロ** 賊.摟	i.chi. いち **一** 伊.七

2	3	4
ni. に **二** 尼	sa.n. さん **三** 沙.恩	shi. ／ yo.n. し　よん **四／四** 西／悠.恩

5	6	7
go. ご **五** 勾	ro.ku. ろく **六** 摟.枯	shi.chi. ／ na.na. しち　なな **七／七** 西.七／那.那

8	9	10
ha.chi. はち **八** 哈.七	kyu.u. ／ ku. きゅう　く **九／九** 克伊烏.～／枯	ju.u. じゅう **十** 啾.～

11	12	13
ju.u.i.chi. じゅういち 十一 啾.～.伊.七	ju.u.ni. じゅう に 十二 啾.～.尼	ju.u.sa.n. じゅうさん 十三 啾.～.沙.恩

14	15	16
ju.u.yo.n. ／ ju.u.shi. じゅうよん　じゅう し 十四／十四 啾.～.悠.恩／啾.～.西	ju.u.go. じゅう ご 十五 啾.～.勾	ju.u.ro.ku. じゅうろく 十六 啾.～.摟.枯

17	18	19
ju.u.shi.chi.／ju.u.na.na. じゅうしち　じゅうなな 十七／十七 啾.～.西.七／啾.～.那.那	ju.u.ha.chi. じゅうはち 十八 啾.～.哈.七	ju.u.kyu.u. ／ ju.u.ku. じゅうきゅう　じゅう く 十九／十九 啾.～.克伊烏.～／啾.～.枯

20	30	40
ni.ju.u. に じゅう 二十 尼.啾.～	sa.n.ju.u. さんじゅう 三十 沙.恩.啾.～	yo.n.ju.u. よんじゅう 四十 悠.恩.啾.～

30～40代

50	60	70
go.ju.u. ご じゅう 五十 勾.啾.～	ro.ku.ju.u. ろくじゅう 六十 摟.枯.啾.～	na.na.ju.u. ななじゅう 七十 那.那.啾.～

80	90	100
ha.chi.ju.u. はちじゅう **八十** 哈.七.啾.～	kyu.u.ju.u. きゅうじゅう **九十** 克伊烏.～.啾.～	hya.ku. ひゃく **百** 喝呀.枯

200	300	400
ni.hya.ku. に ひゃく **二百** 尼.喝呀.枯	sa.n.bya.ku. さんびゃく **三百** 沙.恩.逼呀.枯	yo.n.hya.ku. よんひゃく **四百** 悠.恩.喝呀.枯

500	600	700
go.hya.ku. ご ひゃく **五百** 勾.喝呀.枯	ro.ppya.ku. ろっぴゃく **六百** 摟.ㄟ披呀.枯	na.na.hya.ku. ななひゃく **七百** 那.那.喝呀.枯

800	900	1,000
ha.ppya.ku. はっぴゃく **八百** 哈.ㄟ披呀.枯	kyu.u.hya.ku. きゅうひゃく **九百** 克伊烏.～.喝呀.枯	se.n. せん **千** 誰.恩

2,000	3,000	4,000
ni.se.n. に せん **二千** 尼.誰.恩	sa.n.ze.n. さんぜん **三千** 沙.恩.賊.恩	yo.n.se.n. よんせん **四千** 悠.恩.誰.恩

5,000	6,000	7,000
go.se.n. ごせん **五千** 勾.誰.恩	ro.ku.se.n. ろくせん **六千** 撈.枯.誰.恩	na.na.se.n. ななせん **七千** 那.那.誰.恩

8,000	9,000	10,000
ha.sse.n. はっせん **八千** 哈.ㄟ誰.恩	kyu.u.se.n. きゅうせん **九千** 克伊烏.～.誰.恩	i.chi.ma.n. いちまん **一万** 伊.七.媽.恩

1,000,000	10,000,000	100,000,000
hya.ku.ma.n. ひゃくまん **百万** 喝呀.枯.媽.恩	se.n.ma.n. せんまん **千万** 誰.恩.媽.恩	i.chi.o.ku. いちおく **一億** 伊.七.歐.枯

一個，一歲	兩個，兩歲	三個，三歲
hi.to.tsu. ひと **一つ** 喝伊.偷.粗	fu.ta.tsu. ふた **二つ** 乎.它.粗	mi.ttsu. みっ **三つ** 咪.ㄟ粗

四個，四歲	五個，五歲	六個，六歲
yo.ttsu. よっ **四つ** 悠.ㄟ粗	i.tsu.tsu. いつ **五つ** 伊.粗.粗	mu.ttsu. むっ **六つ** 母.ㄟ粗

七個，七歲

na.na.tsu.
なな
七つ
那.那.粗

八個，八歲

ya.ttsu.
やっ
八つ
呀.ㄟ粗

九個，九歲

ko.ko.no.tsu.
ここの
九つ
寇.寇.諾.粗

MEMO

1 點	2 點	3 點
i.chi.ji. いちじ **1時** 伊.七.基	ni.ji. にじ **2時** 尼.基	sa.n.ji. さんじ **3時** 沙.恩.基

4 點	5 點	6 點
yo.ji. よじ **4時** 悠.基	go.ji. ごじ **5時** 勾.基	ro.ku.ji. ろくじ **6時** 摟.枯.基

7 點	8 點	9 點
shi.chi.ji. しちじ **7時** 西.七.基	ha.chi.ji. はちじ **8時** 哈.七.基	ku.ji. くじ **9時** 枯.基

10 點	11 點	12 點
ju.u.ji. じゅうじ **10時** 啾.～.基	ju.u.i.chi.ji. じゅういちじ **11時** 啾.～.伊.七.基	ju.u.ni.ji. じゅうにじ **12時** 啾.～.尼.基

幾點	1分	2分
na.n.ji. なんじ **何時** 那.恩.基	i.ppu.n. いっぷん **1分** 伊.ヘ撲.恩	ni.fu.n. にふん **2分** 尼.乎.恩

3分	4分	5分
sa.n.pu.n. さんぷん **3分** 沙.恩.撲.恩	yo.n.pu.n. よんぷん **4分** 悠.恩.撲.恩	go.fu.n. ごふん **5分** 勾.乎.恩

6分	7分	8分
ro.ppu.n. ろっぷん **6分** 攙.ヘ撲.恩	na.na.fu.n. / shi.chi.fu.n. ななふん しちふん **7分／7分** 那.那.乎.恩／西.七.乎.恩	ha.chi.fu.n. / ha.ppu.n. はちふん はっぷん **8分／8分** 哈.七.乎.恩／哈.ヘ撲.恩

9分	10分	15分
kyu.u.fu.n. きゅうふん **9分** <u>克伊烏</u>.～.乎.恩	ju.ppu.n. / ji.ppu.n. じゅっぷん じっぷん **10分／10分** 啾.ヘ撲.恩／基.ヘ撲.恩	ju.u.go.fu.n. じゅうごふん **15分** 啾.～.勾.乎.恩

30分	1月	2月
sa.n.ju.ppu.n./sa.n.ji.ppu.n. さんじゅっぷん さんじっぷん **30分／30分** 沙.恩.啾.ヘ撲.恩／沙.恩.基.ヘ撲.恩	i.chi.ga.tsu. いちがつ **一月** 伊.七.嘎.粗	ni.ga.tsu. にがつ **二月** 尼.嘎.粗

3 月	4 月	5 月
sa.n.ga.tsu. さんがつ **三月** 沙.恩.嘎.粗	shi.ga.tsu. しがつ **四月** 西.嘎.粗	go.ga.tsu. ごがつ **五月** 勾.嘎.粗

6 月	7 月	8 月
ro.ku.ga.tsu. ろくがつ **六月** 撈.枯.嘎.粗	shi.chi.ga.tsu. しちがつ **七月** 西.七.嘎.粗	ha.chi.ga.tsu. はちがつ **八月** 哈.七.嘎.粗

9 月	10 月	11 月
ku.ga.tsu. くがつ **九月** 枯.嘎.粗	ju.u.ga.tsu. じゅうがつ **十月** 啾.～.嘎.粗	ju.u.i.chi.ga.tsu. じゅういちがつ **十一月** 啾.～.伊.七.嘎.粗

12 月	1 號	2 號
ju.u.ni.ga.tsu. じゅうにがつ **十二月** 啾.～.尼.嘎.粗	tsu.i.ta.chi. ついたち **一日** 粗.伊.它.七	fu.tsu.ka. ふつか **二日** 乎.粗.卡

3 號	4 號	5 號
mi.kka. みっか **三日** 咪.ㄟ卡	yo.kka. よっか **四日** 悠.ㄟ卡	i.tsu.ka. いつか **五日** 伊.粗.卡

6 號	7 號	8 號
mu.i.ka. むいか **六日** 母.伊.卡	na.no.ka. なのか **七日** 那.諾.卡	yo.o.ka. ようか **八日** 悠.～.卡

9 號	10 號	11 號
ko.ko.no.ka. ここのか **九日** 寇.寇.諾.卡	to.o.ka. とおか **十日** 偷.～.卡	ju.u.i.chi.ni.chi. じゅういちにち **十一日** 啾.～.伊.七.尼.七

12 號	13 號	14 號
ju.u.ni.ni.chi. じゅうににち **十二日** 啾.～.尼.尼.七	ju.u.sa.n.ni.chi. じゅうさんにち **十三日** 啾.～.沙.恩.尼.七	ju.u.yo.kka. じゅうよっか **十四日** 啾.～.悠.ㄟ卡

15 號	16 號	17 號
ju.u.go.ni.chi. じゅうごにち **十五日** 啾.～.勾.尼.七	ju.u.ro.ku.ni.chi. じゅうろくにち **十六日** 啾.～.摟.枯.尼.七	ju.u.shi.chi.ni.chi. じゅうしちにち **十七日** 啾.～.西.七.尼.七

18 號	19 號	20 號
ju.u.ha.chi.ni.chi. じゅうはちにち **十八日** 啾.～.哈.七.尼.七	ju.u.ku.ni.chi. じゅうくにち **十九日** 啾.～.枯.尼.七	ha.tsu.ka. はつか **二十日** 哈.粗.卡

21 號	22 號	23 號
ni.ju.u.i.chi.ni.chi. に じゅういちにち **二十一日** 尼.啾.～.伊.七.尼.七	ni.ju.u.ni.ni.chi. に じゅう に にち **二十二日** 尼.啾.～.尼.尼.七	ni.ju.u.sa.n.ni.chi. に じゅうさんにち **二十三日** 尼.啾.～.沙.恩.尼.七

24 號	25 號	26 號
ni.ju.u.yo.kka. に じゅうよっ か **二十四日** 尼.啾.～.悠.ㄟ卡	ni.ju.u.go.ni.chi. に じゅう ご にち **二十五日** 尼.啾.～.勾.尼.七	ni.ju.u.ro.ku.ni.chi. に じゅうろくにち **二十六日** 尼.啾.～.摟.枯.尼.七

27 號	28 號	29 號
ni.ju.u.shi.chi.ni.chi. に じゅうしちにち **二十七日** 尼.啾.～.西.七.尼.七	ni.ju.u.ha.chi.ni.chi. に じゅっはちにち **二十八日** 尼.啾.～.哈.七.尼.七	ni.ju.u.ku.ni.chi. に じゅう く にち **二十九日** 尼.啾.～.枯.尼.七

30 號	31 號	星期日
sa.n.ju.u.ni.chi. さんじゅうにち **三十日** 沙.恩.啾.～.尼.七	sa.n.ju.u.i.chi.ni.chi. さんじゅういちにち **三十一日** 沙.恩.啾.～.伊.七.尼.七	ni.chi.yo.o.bi. にちようび **日曜日** 尼.七.悠.～.逼

星期一	星期二	星期三
ge.tsu.yo.o.bi. げつようび **月曜日** 給.粗.悠.～.逼	ka.yo.o.bi. か ようび **火曜日** 卡.悠.～.逼	su.i.yo.o.bi. すいようび **水曜日** 酥.伊.悠.～.逼

星期四

mo.ku.yo.o.bi.
もくようび
木曜日

某.枯.悠.～.逼

星期五

ki.n.yo.o.bi.
きんようび
金曜日

克伊.恩.悠.～.逼

星期六

do.yo.o.bi.
どようび
土曜日

都.悠.～.逼

星期幾

na.n.yo.o.bi.
なんようび
何曜日

那.恩.悠.～.逼

MEMO

12 親愛的家人

家人，家庭

ka.zo.ku.
か ぞく
家族

卡.宙.枯

爺爺；外公；老公公

o.ji.i.sa.n.
おじいさん

歐.基.～.沙.恩

祖父；外公

so.fu.
そ ふ
祖父

搜.乎

奶奶；外婆；老奶奶

o.ba.a.sa.n.
おばあさん

歐.拔.～.沙.恩

祖母；外婆

so.bo.
そ ぼ
祖母

搜.剝

爸爸，父親；您父親

o.to.o.sa.n.
とう
お父さん

歐.偷.～.沙.恩

爸爸，父親

chi.chi.
ちち
父

七.七

媽媽，母親；您母親

o.ka.a.sa.n.
か あ
お母さん

歐.卡.～.沙.恩

媽媽，母親

ha.ha.
はは
母

哈.哈

叔叔；伯父；舅舅

o.ji.sa.n.
おじさん

歐.基.沙.恩

阿姨；姑姑

o.ba.sa.n.
おばさん

歐.拔.沙.恩

哥哥

o.ni.i.sa.n.
にい
お兄さん

歐.尼.～.沙.恩

哥哥	姊姊	姊姊
a.ni. あに **兄** 阿.尼	o.ne.e.sa.n. ねえ **お姉さん** 歐.內.～.沙.恩	a.ne. あね **姉** 阿.內 

弟弟	妹妹	父母，雙親
o.to.o.to. おとうと **弟** 歐.偷.～.偷	i.mo.o.to. いもうと **妹** 伊.某.～.偷	ryo.o.shi.n. りょうしん **両親** 溜.～.西.恩

父母	兄弟姊妹	姊妹
o.ya. おや **親** 歐.呀 	kyo.o.da.i. きょうだい **兄弟** 克悠.～.答.伊	shi.ma.i. しまい **姉妹** 西.媽.伊

您先生，您丈夫	太太，尊夫人	妻子，內人
go.shu.ji.n. しゅじん **ご主人** 勾.西烏.基.恩	o.ku.sa.n. おく **奥さん** 歐.枯.沙.恩	ka.na.i. か ない **家内** 卡.那.伊

妻子，我太太	夫妻	孩子
tsu.ma. つま **妻** 粗.媽	fu.u.fu. ふう ふ **夫婦** 乎.～.乎	ko.do.mo. こ ども **子供** 寇.都.某

兒子	女兒	您孩子
mu.su.ko.sa.n. むすこ **息子さん** 母．酥．寇．沙．恩	mu.su.me.sa.n. むすめ **娘さん** 母．酥．妹．沙．恩	o.ko.sa.n. こ **お子さん** 歐．寇．沙．恩

您女兒，令嬡
o.jo.o.sa.n. じょう **お嬢さん** 歐．久．～．沙．恩

MEMO

13 身體

身體
ka.ra.da.
からだ
体
卡.拉.答

頭
a.ta.ma.
あたま
頭
阿.它.媽

頭髮
ka.mi.
かみ
髮
卡.咪

額頭
hi.ta.i.
ひたい
喝伊.它.伊

臉
ka.o.
かお
顏
卡.歐

眼睛
me.
め
目
妹

眉毛
ma.yu.
まゆ
眉
媽.尤

睫毛
ma.tsu.ge.
まつげ
媽.粗.給

鼻
ha.na.
はな
鼻
哈.那

口
ku.chi.
くち
口
枯.七

唇
ku.chi.bi.ru.
くちびる
枯.七.逼.魯

齒
ha.
は
齒
哈

耳	臉頰	下顎
mi.mi. みみ **耳** 咪.咪	ho.o. **ほお** 后.歐	a.go. **あご** 阿.勾

鬍鬚	脖子	喉嚨
hi.ge. **ひげ** 喝伊.給	ku.bi. くび **首** 枯.逼	no.do. のど **喉** 諾.都

肚子	腰	手腕
o.na.ka. **おなか** 歐.那.卡	ko.shi. こし **腰** 寇.西	u.de. うで **腕** 烏.爹

手	手指	食指
te. て **手** 貼	yu.bi. ゆび **指** 尤.逼	hi.to.sa.shi.yu.bi. ひと さ ゆび **人差し指** 喝伊.偷.沙.西.尤.逼

腳	大腿	膝蓋
a.shi. あし **足** 阿.西	mo.mo. **もも** 某.某	hi.za. **ひざ** 喝伊.雜

腳尖	腳踝	背
tsu.ma.sa.ki.	ka.ka.to.	se.na.ka.
つまさき	かかと	背中 せなか
粗.媽.沙.克伊	卡.卡.偷	誰.那.卡

身高；身材	假牙	智齒
se. / se.e.	i.re.ba.	o.ya.shi.ra.zu.
背／背 せ せい	入れ歯 ば	親知らず おや し
誰／誰.～	伊.累.拔	歐.呀.西.拉.茲

肌肉	骨	關節
ki.n.ni.ku.	ho.ne.	ka.n.se.tsu.
筋肉 きんにく	骨 ほね	関節 かんせつ
克伊.恩.尼.枯	后.內	卡.恩.誰.粗

內臟	腦	食道
na.i.zo.o.	no.o.	sho.ku.do.o.
内臓 ないぞう	脳 のう	食道 しょくどう
那.伊.宙.～	諾.～	休.枯.都.～

心臟	肺	胃
shi.n.zo.o.	ha.i.	i.
心臓 しんぞう	肺 はい	胃 い
西.恩.宙.～	哈.伊	伊

腎臟	肝臟	腸
ji.n.zo.o. じんぞう **腎臓** 基.恩.宙.～	ka.n.zo.o. かんぞう **肝臓** 卡.恩.宙.～	cho.o. ちょう **腸** 秋.～

血管
ke.kka.n. けっかん **血管** <u>克耶</u>.ヘ卡.恩

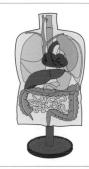

MEMO

MEMO

Chapter 8

人氣寒暄語及會話

1 一開口就要受歡迎

Track **33**

寒暄語

早安！
o.ha.yo.o.
おはよう！
歐.哈.悠.～.

早安！
o.ha.yo.o.go.za.i.ma.su.
おはようございます。
歐.哈.悠.～.勾.雜.伊.媽.酥.

你好！
ko.n.ni.chi.wa.
こんにちは。
寇.恩.尼.七.哇.

晚安！
ko.n.ba.n.wa.
こんばんは。
寇.恩.拔.恩.哇.

晚安！
o.ya.su.mi.na.sa.i.
おやすみなさい。
歐.呀.酥.咪.那.沙.伊.

再見！
sa.yo.o.na.ra.
さようなら。
沙.悠.～.那.拉.

再接再厲～

人氣寒暄語及會話

承蒙關照了。

o.se.wa.ni.na.ri.ma.shi.ta.
お世話になりました。
<ruby>世<rt>せ</rt></ruby><ruby>話<rt>わ</rt></ruby>
歐．誰．哇．尼．那．里．媽．西．它．

多保重！

o.ge.n.ki.de.
お元気で。
<ruby>元<rt>げん</rt></ruby><ruby>気<rt>き</rt></ruby>
歐．給．恩．<u>克伊</u>．爹．

MEMO

2 謝謝，不好意思啦

謝謝。

a.ri.ga.to.o.
ありがとう。
阿.里.嘎.偷.～.

非常感謝。

a.ri.ga.to.o.go.za.i.ma.su.
ありがとうございます。
阿.里.嘎.偷.～.勾.雜.伊.媽.酥.

您辛苦啦！

o.tsu.ka.re.sa.ma.de.shi.ta.
お疲れさまでした。
歐.粗.卡.累.沙.媽.爹.西.它.

對不起。

go.me.n.na.sa.i.
ごめんなさい。
勾.妹.恩.那.沙.伊.

非常抱歉。

mo.o.shi.wa.ke.a.ri.ma.se.n.
申し訳ありません。
某.～.西.哇.克耶.阿.里.媽.誰.恩.

給您添麻煩了。

go.me.e.wa.ku.o.o.ka.ke.shi.ma.shi.ta.
ご迷惑をおかけしました。
勾.妹.～.哇.枯.歐.歐.卡.克耶.西.媽.西.它.

再接再厲～

失禮了。

shi.tsu.re.e.shi.ma.shi.ta.
しつれい
失礼しました。
西.粗.累.～.西.媽.西.它.

MEMO

常用會話

我要住宿登記。

che.kku.i.n.o.o.ne.ga.i.shi.ma.su.
チェックインをお願いします。
切.へ枯.伊.恩.歐.歐.內.嘎.伊.西.媽.酥.

我有預約。

yo.ya.ku.shi.te.a.ri.ma.su.
予約してあります。
悠.呀.枯.西.貼.阿.里.媽.酥.

我已經預約好了，叫○○。

yo.ya.ku.o.shi.ta.○○.de.su.
予約をした○○です。
悠.呀.枯.歐.西.它.○○.爹.酥.

早餐幾點開始呢？

cho.o.sho.ku.wa.na.n.ji.ka.ra.de.su.ka.
朝食は何時からですか。
秋.～.休.枯.哇.那.恩.基.卡.拉.爹.酥.卡.

幾點退房呢？

che.kku.a.u.to.wa.na.n.ji.de.su.ka.
チェックアウトは何時ですか。
切.へ枯.阿.烏.偷.哇.那.恩.基.爹.酥.卡.

我要退房。

che.kku.a.u.to.o.o.ne.ga.i.shi.ma.su.
チェックアウトをお願いします。
切.へ枯.阿.烏.偷.～.歐.內.嘎.伊.西.媽.酥.

可以幫我保管貴重物品嗎？

ki.cho.o.hi.n.o.a.zu.ka.tte.mo.ra.e.ma.su.ka.

貴重品を預かってもらえますか。
きちょうひん あず

克伊.秋.～.喝伊.恩.歐.阿.茲.卡.へ貼.某.拉.耶.媽.酥.卡.

我想要寄放行李。

ni.mo.tsu.o.a.zu.ke.ta.i.no.de.su.ga.

荷物を預けたいのですが。
にもつ あず

尼.某.粗.歐.阿.茲.克耶.它.伊.諾.爹.酥.嘎.

我要叫醒服務。

mo.o.ni.n.gu.ko.o.ru.o.o.ne.ga.i.shi.ma.su.

モーニングコールをお願いします。
ねが

某.～.尼.恩.估.寇.～.魯.歐.歐.內.嘎.伊.西.媽.酥.

請借我加濕器。

ka.shi.tsu.ki.o.ka.shi.te.ku.da.sa.i.

加湿器を貸してください。
かしつき か

卡.西.粗.克伊.歐.卡.西.貼.枯.答.沙.伊.

請借我熨斗。

a.i.ro.n.o.ka.shi.te.ku.da.sa.i.

アイロンを貸してください。
か

阿.伊.攏.恩.歐.卡.西.貼.枯.答.沙.伊.

有會說中文的人嗎？

chu.u.go.ku.go.o.ha.na.se.ru.hi.to.wa.i.ma.su.ka.

中国語を話せる人はいますか。
ちゅうごくご はな ひと

七烏.～.勾.枯.勾.歐.哈.那.誰.魯.喝伊.偷.哇.伊.媽.酥.卡.

附近有便利商店嗎？

chi.ka.ku.ni.ko.n.bi.ni.wa.a.ri.ma.su.ka.

近くにコンビニはありますか。
ちか

七.卡.枯.尼.寇.恩.逼.尼.哇.阿.里.媽.酥.卡.

可以使用網路嗎？

i.n.ta.a.ne.tto.wa.ri.yo.o.de.ki.ma.su.ka.

インターネットは利用できますか。

伊.恩.它.～.內.ㄟ偷.哇.里.悠.～.爹.克伊.媽.酥.卡.

附近有好吃的餐廳嗎？

chi.ka.ku.ni.o.i.shi.i.re.su.to.ra.n.wa.a.ri.ma.su.ka.

近くにおいしいレストランはありますか。

七.卡.枯.尼.歐.伊.西.～.累.酥.偷.拉.恩.哇.阿.里.媽.酥.卡.

幫我叫計程車。

ta.ku.shi.i.o.yo.n.de.ku.da.sa.i.

タクシーを呼んでください。

它.枯.西.～.歐.悠.恩.爹.枯.答.沙.伊.

緊急出口在哪裡？

hi.jo.o.gu.chi.wa.do.ko.de.su.ka.

非常口はどこですか。

喝伊.久.～.估.七.哇.都.寇.爹.酥.卡.

鑰匙不見了。

ka.gi.o.na.ku.shi.te.shi.ma.tta.no.de.su.ga.

鍵をなくしてしまったのですが。

卡.哥伊.歐.那.枯.西.貼.西.媽.ㄟ它.諾.爹.酥.嘎.

熱水不夠熱。

o.yu.ga.nu.ru.i.no.de.su.ga.

お湯がぬるいのですが。

歐.尤.嘎.奴.魯.伊.諾.爹.酥.嘎.

廁所沒有水。

to.i.re.no.mi.zu.ga.na.ga.re.na.i.no.de.su.ga.

トイレの水が流れないのですが。

偷.伊.累.諾.咪.茲.嘎.那.嘎.累.那.伊.諾.爹.酥.嘎.

沒有熱水。

o.yu.ga.de.na.i.no.de.su.ga.
お湯が出ないのですが。
歐.尤.嘎.爹.那.伊.諾.爹.酥.嘎.

電視打不開。

te.re.bi.ga.tsu.ka.na.i.no.de.su.ga.
テレビがつかないのですが。
貼.累.逼.嘎.粗.卡.那.伊.諾.爹.酥.嘎.

房間好冷。

he.ya.ga.sa.mu.i.no.de.su.ga.
部屋が寒いのですが。
黑.呀.嘎.沙.母.伊.諾.爹.酥.嘎.

隔壁的人很吵。

to.na.ri.no.he.ya.ga.u.ru.sa.i.no.de.su.ga.
隣の部屋がうるさいのですが。
偷.那.里.諾.黑.呀.嘎.烏.魯.沙.伊.諾.爹.酥.嘎.

幫我換別的房間。

chi.ga.u.he.ya.ni.shi.te.ku.da.sa.i.
違う部屋にしてください。
七.嘎.烏.黑.呀.尼.西.貼.枯.答.沙.伊.

房間的燈打不開。

de.n.ki.ga.tsu.ka.na.i.no.de.su.ga.
電気がつかないのですが。
爹.恩.克伊.嘎.粗.卡.那.伊.諾.爹.酥.嘎.

常用會話

我們有三個人,有位子嗎?

sa.n.ni.n.de.su.ga.se.ki.wa.a.ri.ma.su.ka.
3人ですが、席はありますか。
沙.恩.尼.恩.參.酥.嘎.誰.克伊.哇.阿.里.媽.酥.卡.

要等多久?

do.no.ku.ra.i.ma.chi.ma.su.ka.
どのくらい待ちますか。
都.諾.枯.拉.伊.媽.七.媽.酥.卡.

我要窗邊的座位。

ma.do.ga.wa.no.se.ki.ga.i.i.no.de.su.ga.
窓側の席がいいのですが。
媽.都.嘎.哇.諾.誰.克伊.嘎.伊.～.諾.參.酥.嘎.

有個室的嗎?

ko.shi.tsu.wa.a.ri.ma.su.ka.
個室はありますか。
寇.西.粗.哇.阿.里.媽.酥.卡.

套餐要多少錢?

ko.o.su.wa.i.ku.ra.de.su.ka.
コースはいくらですか。
寇.～.酥.哇.伊.枯.拉.參.酥.卡.

有不辣的料理嗎?

ka.ra.ku.na.i.ryo.o.ri.wa.a.ri.ma.su.ka.
辛くない料理はありますか。
卡.拉.枯.那.伊.溜.～.里.哇.阿.里.媽.酥.卡.

麻煩我要點菜。	chu.u.mo.n.o.o.ne.ga.i.shi.ma.su. **注文をお願いします。** 七烏.～.某.恩.歐.歐.內.嘎.伊.西.媽.酥.

不要太辣。	ka.ra.sa.hi.ka.e.me.ni.shi.te.ku.da.sa.i. **辛さ控えめにしてください。** 卡.拉.沙.喝伊.卡.耶.妹.尼.西.貼.枯.答.沙.伊.

給我熱毛巾。	o.shi.bo.ri.o.ku.da.sa.i. **おしぼりをください。** 歐.西.剝.里.歐.枯.答.沙.伊.

給我筷子。	o.ha.shi.o.ku.da.sa.i. **お箸をください。** 歐.哈.西.歐.枯.答.沙.伊.

有中文的菜單嗎？	chu.u.go.ku.go.no.me.nyu.u.wa.a.ri.ma.su.ka. **中国語のメニューはありますか。** 七烏.～.勾.枯.勾.諾.妹.牛.～.哇.阿.里.媽.酥.卡.

給我看菜單。	me.nyu.u.o.mi.se.te.ku.da.sa.i. **メニューを見せてください。** 妹.牛.～.歐.咪.誰.貼.枯.答.沙.伊.

有什麼推薦的？	o.su.su.me.wa.na.n.de.su.ka. **お薦めは何ですか。** 歐.酥.酥.妹.哇.那.恩.爹.酥.卡.

我想吃日本料理。	ni.ho.n.ryo.o.ri.ga.ta.be.ta.i.de.su. **日本料理が食べたいです。** 尼.后.恩.溜.～.里.嘎.它.貝.它.伊.爹.酥.

我想吃道地的壽司跟天婦羅。	ho.n.ba.no.o.su.shi.to.te.n.pu.ra.ga.ta.be.ta.i.de.su. **本場のおすしと天ぷらが食べたいです。** 后.恩.拔.諾.歐.酥.西.偷.貼.恩.撲.拉.嘎.它.貝.它.伊.爹.酥.

什麼最好吃？	na.ni.ga.i.chi.ba.no.i.shi.i.de.su.ka. **何が一番おいしいですか。** 那.尼.嘎.伊.七.拔.恩.歐.伊.西.～.爹.酥.卡.

一樣的東西，給我們兩個。	o.na.ji.mo.no.o.fu.ta.tsu.ku.da.sa.i. **同じものを二つください。** 歐.那.基.某.諾.歐.乎.它.粗.枯.答.沙.伊.

給我這個。	ko.re.o.ku.da.sa.i. **これをください。** 寇.累.歐.枯.答.沙.伊.

給我跟那個一樣的東西。	a.re.to.o.na.ji.mo.no.o.ku.da.sa.i. **あれと同じものをください。** 阿.累.偷.歐.那.基.某.諾.歐.枯.答.沙.伊.

「竹」套餐三人份。	ta.ke.sa.n.ni.n.ma.e.ku.da.sa.i. **竹３人前ください。** 它.克耶.沙.恩.尼.恩.媽.耶.枯.答.沙.伊.

| 我要C定食。 | wa.ta.shi.wa.shi.i.te.e.sho.ku.ni.shi.ma.su.
私はC定食にします。
哇.它.西.哇.西.～.貼.～.休.枯.尼.西.媽.酥. |

| 您咖啡要什麼時候用呢？ | ko.o.hi.i.wa.i.tsu.o.mo.chi.shi.ma.su.ka.
コーヒーはいつお持ちしますか。
寇.～.喝伊.～.哇.伊.粗.歐.某.七.西.媽.酥.卡. |

| 麻煩餐前／餐後幫我送上。 | sho.ku.ze.n.／sho.ku.go.ni.o.ne.ga.i.shi.ma.su.
食前／食後にお願いします。
休.枯.賊.恩.／休.枯.勾.尼.歐.內.嘎.伊.西.媽.酥. |

| 可以吃了嗎？ | mo.o.ta.be.te.i.i.de.su.ka.
もう食べていいですか。
某.～.它.貝.貼.伊.～.爹.酥.卡. |

| 開動啦！ | i.ta.da.ki.ma.su.
いただきます。
伊.它.答.克伊.媽.酥. |

| 這要怎麼吃呢？ | ko.re.wa.do.o.ya.tte.ta.be.ru.no.de.su.ka.
これはどうやって食べるのですか。
寇.累.哇.都.～.呀.へ貼.它.貝.魯.諾.爹.酥.卡. |

| 我沒有點這個。 | ko.re.wa.chu.u.mo.n.shi.te.i.ma.se.n.
これは注文していません。
寇.累.哇.七烏.～.某.恩.西.貼.伊.媽.誰.恩. |

給我白／紅葡萄酒。	shi.ro. ／ a.ka.wa.i.no.ku.da.sa.i. 白／赤ワインをください。 西.攄.／阿.卡.哇.伊.恩.歐.枯.答.沙.伊.

給我兩杯生啤酒。	na.ma.bi.i.ru.fu.ta.tsu.ku.da.sa.i. 生ビール二つください。 那.媽.逼.～.魯.乎.它.粗.枯.答.沙.伊.

下酒菜幫我適當配一下。	tsu.ma.mi.wa.o.ma.ka.se.de. つまみはおまかせで。 粗.媽.咪.哇.歐.媽.卡.誰.爹.

再給我一瓶啤酒。	bi.i.ru.o.mo.o.i.ppo.n.ku.da.sa.i. ビールをもう1本ください。 逼.～.魯.歐.某.～.伊.ㄟ剖.恩.枯.答.沙.伊.

廁所在哪裡呢？	to.i.re.wa.do.ko.de.su.ka. トイレはどこですか。 偷.伊.累.哇.都.寇.爹.酥.卡.

請給我烤雞肉串一人份。	ya.ki.to.ri.i.chi.ni.n.ma.e.ku.da.sa.i. 焼き鳥1人前ください。 呀.克伊.偷.里.伊.七.尼.恩.媽.耶.枯.答.沙.伊.

給我一個烤地瓜。	ya.ki.i.mo.hi.to.tsu.ku.da.sa.i. 焼き芋一つください。 呀.克伊.伊.某.喝伊.偷.粗.枯.答.沙.伊.

請給我五百公克的糖炒栗子。

a.ma.gu.ri.go.hya.ku.gu.ra.mu.ku.da.sa.i.

甘栗 500 グラムください。
あまぐり ごひゃく

阿.媽.估.里.勾.喝呀.枯.估.拉.母.枯.答.沙.伊.

可以坐這裡嗎？

ko.ko.ni.su.wa.tte.mo.i.i.de.su.ka.

ここに座ってもいいですか。
すわ

寇.寇.尼.酥.哇.へ貼.某.伊.～.爹.酥.卡.

給我魚丸。

tsu.mi.re.o.ku.da.sa.i.

つみれをください。

粗.咪.累.歐.枯.答.沙.伊.

我要結帳。

o.ka.n.jo.o.o.o.ne.ga.i.shi.ma.su.

お勘定をお願いします。
かんじょう ねが

歐.卡.恩.久.～.歐.歐.內.嘎.伊.西.媽.酥.

多謝款待。

go.chi.so.o.sa.ma.de.shi.ta.

ごちそうさまでした。

勾.七.搜.～.沙.媽.爹.西.它.

我們各別算。

be.tsu.be.tsu.de.o.ne.ga.i.shi.ma.su.

別々でお願いします。
べつべつ ねが

貝.粗.貝.粗.爹.歐.內.嘎.伊.西.媽.酥.

你錢算錯了。

ke.e.sa.n.ga.ma.chi.ga.tte.i.ma.su.

計算が間違っています。
けいさん まちが

克耶.～.沙.恩.嘎.媽.七.嘎.へ貼.伊.媽.酥.

可以刷卡嗎？

ku.re.ji.tto.ka.a.do.wa.tsu.ka.e.ma.su.ka.

クレジットカードは使えますか。

枯.累.基.ㄟ偷.卡.～.都.哇.粗.卡.耶.媽.酥.卡.

要在哪裡簽名呢？

do.ko.ni.sa.i.n.o.su.re.ba.i.i.de.su.ka.

どこにサインをすればいいですか。

都.寇.尼.沙.伊.恩.歐.酥.累.拔.伊.～.爹.酥.卡.

請給我收據。

ryo.o.shu.u.sho.o.ku.da.sa.i.

領収書をください。

溜.～.西烏.～.休.～.歐.枯.答.沙.伊.

MEMO

---

5 購物時使用的日語

常用會話

這要多少錢？

ko.re.wa.i.ku.ra.de.su.ka.

これはいくらですか。

寇.累.哇.伊.枯.拉.爹.酥.卡.

給我看那個。

a.re.o.mi.se.te.ku.da.sa.i.

あれを見せてください。

阿.累.歐.咪.誰.貼.枯.答.沙.伊.

我只是看看
而已。

ta.da.mi.te.i.ru.da.ke.de.su.

ただ見ているだけです。

它.答.咪.貼.伊.魯.答.克耶.爹.酥.

我不買。

ke.kko.o.de.su.

結構です。

克耶.ヘ寇.～.爹.酥.

不好意思
（用於呼喚店
員時）。

su.mi.ma.se.n.

すみません。

酥.咪.媽.誰.恩.

哪種特產賣
得最好？

ni.n.ki.no.o.mi.ya.ge.wa.na.n.de.su.ka.

人気のおみやげは何ですか。

尼.恩.克伊.諾.歐.咪.呀.給.哇.那.恩.爹.酥.卡.

我要買送朋友的特產，什麼比較好呢？

to.mo.da.chi.e.no.o.mi.ya.ge.ni.wa.na.ni.ga.i.i.de.sho.o.ka.

友達へのおみやげには何がいいでしょうか。

偷.某.答.七.耶.諾.歐.咪.呀.給.尼.哇.那.尼.嘎.伊.～.參.休.～.卡.

我在找跟這個一樣的東西。

ko.re.to.o.na.ji.mo.no.o.sa.ga.shi.te.i.ru.no.de.su.ga.

これと同じものを探しているのですが。

寇.累.偷.歐.那.基.某.諾.歐.沙.嘎.西.貼.伊.魯.諾.參.酥.嘎.

可以試穿嗎？

shi.cha.ku.shi.te.mo.i.i.de.su.ka.

試着してもいいですか。

西.洽.枯.西.貼.某.伊.～.參.酥.卡.

有大一點的嗎？

mo.o.su.ko.shi.o.o.ki.i.no.wa.a.ri.ma.su.ka.

もう少し大きいのはありますか。

某.～.酥.寇.西.歐.～.克伊.伊.諾.哇.阿.里.媽.酥.卡.

這要怎麼用呢？

ko.re.wa.do.o.tsu.ka.u.n.de.su.ka.

これはどう使うんですか。

寇.累.哇.都.～.粗.卡.烏.恩.參.酥.卡.

我想試穿。

shi.cha.ku.shi.ta.i.de.su.

試着したいです。

西.洽.枯.西.它.伊.參.酥.

我可以試戴這個(飾品)嗎？

ko.re.tsu.ke.te.mi.te.mo.i.i.de.su.ka.

これ、つけてみてもいいですか。

寇.累.粗.克耶.貼.咪.貼.某.伊.～.參.酥.卡.

可以改短一點嗎？

ta.ke.wa.tsu.me.ra.re.ma.su.ka.
丈は詰められますか。
它.克耶.哇.粗.妹.拉.累.媽.酥.卡.

幫我量一下尺寸。

wa.ta.shi.no.sa.i.zu.o.ha.ka.tte.ku.da.sa.i.
私のサイズを測ってください。
哇.它.西.諾.沙.伊.茲.歐.哈.卡.ㄟ貼.枯.答.沙.伊.

有小一點的嗎？

mo.o.su.ko.shi.chi.i.sa.i.no.wa.a.ri.ma.su.ka.
もう少し小さいのはありますか。
某.～.酥.寇.西.七.～.沙.伊.諾.哇.阿.里.媽.酥.卡.

再給我看一下大一號的。

hi.to.tsu.o.o.ki.i.sa.i.zu.o.mi.se.te.ku.da.sa.i.
一つ大きいサイズを見せてください。
喝伊.偷.粗.歐.～.克伊.～.沙.伊.茲.歐.咪.誰.貼.枯.答.沙.伊.

哪個賣得最好？

u.re.su.ji.wa.do.re.de.su.ka.
売れ筋はどれですか。
烏.累.酥.基.哇.都.累.爹.酥.卡.

我在找這種產品。

ko.no.sho.o.hi.n.o.sa.ga.shi.te.i.ru.no.de.su.ga.
この商品を探しているのですが。
寇.諾.休.～.喝伊.恩.歐.沙.嘎.西.貼.伊.魯.諾.爹.酥.嘎.

我想買化妝水。

ke.sho.o.su.i.o.ka.i.ta.i.no.de.su.ga.
化粧水を買いたいのですが。
克耶.休.～.酥.伊.歐.卡.伊.它.伊.諾.爹.酥.嘎.

BB 霜在哪裡？	bi.i.bi.i.ku.ri.i.mu.wa.do.ko.de.su.ka. **BB クリームはどこですか。** 逼.～.逼.～.枯.里.～.母.哇.都.寇.爹.酥.卡.
我很煩惱肌膚暗沈。	ku.su.mi.ni.na.ya.n.de.i.ma.su. **くすみに悩んでいます。** 枯.酥.咪.尼.那.呀.恩.爹.伊.媽.酥.
有青春痘專用的嗎？	ni.ki.bi.se.n.yo.o.wa.a.ri.ma.su.ka. **ニキビ専用はありますか。** 尼.克伊.逼.誰.恩.悠.～.哇.阿.里.媽.酥.卡.
哪一種產品適合呢？	do.n.na.se.e.hi.n.ga.a.u.de.sho.o.ka. **どんな製品が合うでしょうか。** 都.恩.那.誰.～.喝伊.恩.嘎.阿.烏.爹.休.～.卡.
有什麼效果呢？	do.n.na.ko.o.ka.ga.a.ri.ma.su.ka. **どんな効果がありますか。** 都.恩.那.寇.～.卡.嘎.阿.里.媽.酥.卡.
可以試用化妝品嗎？	ke.sho.o.hi.n.o.ta.me.shi.te.mi.te.mo.i.i.de.su.ka. **化粧品を試してみてもいいですか。** 克耶.休.～.喝伊.恩.歐.它.妹.西.貼.咪.貼.某.伊.～.爹.酥.卡.
我要五條口紅。	ku.chi.be.ni.go.ho.n.ku.da.sa.i. **口紅5本ください。** 枯.七.貝.尼.勾.后.恩.枯.答.沙.伊.

請告訴我使用順序。

tsu.ka.u.ju.n.ba.n.o.o.shi.e.te.ku.da.sa.i.

使う順番を教えてください。

粗.卡.烏.啾.恩.拔.恩.歐.歐.西.耶.貼.枯.答.沙.伊.

有試用品嗎？

te.su.ta.a.wa.a.ri.ma.su.ka.

テスターはありますか。

貼.酥.它.～.哇.阿.里.媽.酥.卡.

尺寸合嗎？

sa.i.zu.wa.a.i.ma.su.ka.

サイズは合いますか。

沙.伊.茲.哇.阿.伊.媽.酥.卡.

剛剛好。

pi.tta.ri.de.su.

ぴったりです。

披.へ它.里.爹.酥.

這太小了一點。

ko.re.wa.cho.tto.chi.i.sa.i.de.su.ne.

これはちょっと小さいですね。

寇.累.哇.秋.へ偷.七.～.沙.伊.爹.酥.內.

再給我看一下小一點的尺寸。

mo.o.su.ko.shi.chi.i.sa.i.sa.i.zu.o.mi.se.te.ku.da.sa.i.

もう少し小さいサイズを見せてください。

某.～.酥.寇.西.七.～.沙.伊.沙.伊.茲.歐.咪.誰.貼.枯.答.沙.伊.

這個尺寸有沒有白色的？

ko.no.sa.i.zu.de.shi.ro.wa.na.i.de.su.ka.

このサイズで白はないですか。

寇.諾.沙.伊.茲.爹.西.撐.哇.那.伊.爹.酥.卡.

可以走一下嗎？	cho.tto.a.ru.i.te.mi.te.mo.i.i.de.su.ka. ちょっと歩いてみてもいいですか。 秋.へ偷.阿.魯.伊.貼.咪.貼.某.伊.～.爹.酥.卡.

可以給我看鑽戒嗎？	da.i.ya.no.yu.bi.wa.o.mi.se.te.i.ta.da.ke.ma.su.ka. ダイヤの指輪を見せていただけますか。 答.伊.呀.諾.尤.逼.哇.歐.咪.誰.貼.伊.它.答.克耶.媽.酥.卡.

這是 18K 金的嗎？	ko.re.wa.ju.u.ha.chi.ki.n.de.su.ka. これは 18 金ですか。 寇.累.哇.啾.～.哈.七.克伊.恩.爹.酥.卡.

這是幾克拉？	ko.re.wa.na.n.ka.ra.tto.de.su.ka. これは何カラットですか。 寇.累.哇.那.恩.卡.拉.へ偷.爹.酥.卡.

這是真的還是假的？	ko.re.wa.ho.n.mo.no.de.su.ka.mo.zo.o.de.su.ka. これは本物ですか、模造ですか。 寇.累.哇.后.恩.某.諾.爹.酥.卡.某.宙.～.爹.酥.卡.

這好像是假的。	ko.re.wa.mo.zo.o.mi.ta.i.de.su.ne. これは模造みたいですね。 寇.累.哇.某.宙.～.咪.它.伊.爹.酥.內.

有小一號的嗎？	wa.n.sa.i.zu.chi.i.sa.i.no.wa.a.ri.ma.se.n.ka. ワンサイズ小さいのはありませんか。 哇.恩.沙.伊.茲.七.～.沙.伊.諾.哇.阿.里.媽.誰.恩.卡.

服務台在哪裡？

sa.a.bi.su.ka.u.n.ta.a.wa.do.ko.ni.a.ri.ma.su.ka.

サービスカウンターはどこにありますか。

沙.～.逼.酥.卡.烏.恩.它.～.哇.都.寇.尼.阿.里.媽.酥.卡.

這是什麼醃漬食品呢？

ko.re.wa.na.n.no.tsu.ke.mo.no.de.su.ka.

これは何の漬物ですか。

寇.累.哇.那.恩.諾.粗.克耶.某.諾.爹.酥.卡.

有醃蘿蔔嗎？

ta.ku.a.n.wa.a.ri.ma.su.ka.

たくあんはありますか。

它.枯.阿.恩.哇.阿.里.媽.酥.卡.

可以試吃嗎？

shi.sho.ku.shi.te.mo.i.i.de.su.ka.

試食してもいいですか。

西.休.枯.西.貼.某.伊.～.爹.酥.卡.

一百公克多少錢？

hya.ku.gu.ra.mu.i.ku.ra.de.su.ka.

100 グラムいくらですか。

喝呀.枯.估.拉.母.伊.枯.拉.爹.酥.卡.

這醃漬食品一包多少錢？

ko.no.tsu.ke.mo.no.hi.to.pa.kku.i.ku.ra.de.su.ka.

この漬物一パックいくらですか。

寇.諾.粗.克耶.某.諾.喝伊.偷.趴.～枯.伊.枯.拉.爹.酥.卡.

給我○○五百公克。

○○.o.go.hya.ku.gu.ra.mu.ku.da.sa.i.

○○を 500 グラムください。

○○.歐.勾.喝呀.枯.估.拉.母.枯.答.沙.伊.

能保鮮幾天？	do.re.ku.ra.i.hi.mo.chi.shi.ma.su.ka. **どれくらい日持ちしますか。** 都.累.枯.拉.伊.喝伊.某.七.西.媽.酥.卡.
給我袋子。	fu.ku.ro.ku.da.sa.i. **袋ください。** 乎.枯.摟.枯.答.沙.伊.
全部多少錢呢？	ze.n.bu.de.i.ku.ra.de.su.ka. **全部でいくらですか。** 賊.恩.布.爹.伊.枯.拉.爹.酥.卡.
付現可以打幾折？	ge.n.ki.n.na.ra.na.n.wa.ri.bi.ki.ni.na.ri.ma.su.ka. **現金なら何割引になりますか。** 給.恩.克伊.恩.那.拉.那.恩.哇.里.逼.克伊.尼.那.里.媽.酥.卡.
打八折。	ni.wa.ri.bi.ki.ni.na.ri.ma.su. **2割引になります。** 尼.哇.里.逼.克伊.尼.那.里.媽.酥.
有樣品嗎？	sa.n.pu.ru.a.ri.ma.su.ka. **サンプルありますか。** 沙.恩.撲.魯.阿.里.媽.酥.卡.
我買這個。	ko.re.ni.shi.ma.su. **これにします。** 寇.累.尼.西.媽.酥.

給我這兩個，
那一個。

ko.re.fu.ta.tsu.to.a.re.hi.to.tsu.ku.da.sai.

これ二つと、あれ一つください。

寇.累.乎.它.粗.偷.阿.累.喝伊.偷.粗.枯.答.沙.伊.

麻煩算帳。

o.ka.i.ke.e.o.o.ne.ga.i.shi.ma.su.

お会計をお願いします。

歐.卡.伊.克耶.～.歐.歐.內.嘎.伊.西.媽.酥.

32,600 日圓。

sa.n.ma.n.ni.se.n.ro.ppya.ku.e.n.de.su.

3　2,600 円です。

沙.恩.媽.恩.尼.誰.恩.攏.へ披呀.枯.耶.恩.爹.酥.

收您四萬日
圓。

yo.n.ma.n.e.n.o.a.zu.ka.ri.shi.ma.su.

4万円お預かりします。

悠.恩.媽.恩.耶.恩.歐.阿.茲.卡.里.西.媽.酥.

找您 7,400
日圓。

na.na.se.n.yo.n.hya.ku.e.n.no.o.tsu.ri.de.su.

7,400 円のお釣りです。

那.那.誰.恩.悠.恩.喝呀.枯.耶.恩.諾.歐.粗.里.爹.酥.

您付現還是
刷卡？

o.shi.ha.ra.i.wa.ge.n.ki.n.de.su.ka.ka.a.do.de.su.ka.

お支払いは現金ですか、カードですか。

歐.西.哈.拉.伊.哇.給.恩.克伊.恩.爹.酥.卡.卡.～.都.爹.酥.卡.

我付現。

ge.n.ki.n.de.su.

現金です。

給.恩.克伊.恩.爹.酥.

可以刷卡嗎？

ka.a.do.ba.ra.i.wa.de.ki.ma.su.ka.

カード払いはできますか。

卡.～.都.拔.拉.伊.哇.參.克伊.媽.酥.卡.

不，不能刷卡。

i.i.e.ka.a.do.wa.o.tsu.ka.i.ni.na.re.ma.se.n.

いいえ、カードはお使いになれません。

伊.～.耶.卡.～.都.哇.歐.粗.卡.伊.尼.那.累.媽.誰.恩.

可以使用優待券嗎？

ku.u.po.n.wa.tsu.ka.e.ma.su.ka.

クーポンは使えますか。

枯.～.剖.恩.哇.粗.卡.耶.媽.酥.卡.

請這裡簽名。

ko.ko.ni.sa.i.n.o.o.ne.ga.i.shi.ma.su.

ここにサインをお願いします。

寇.寇.尼.沙.伊.恩.歐.歐.內.嘎.伊.西.媽.酥.

金額不對。

ki.n.ga.ku.ga.a.tte.i.ma.se.n.

金額が合っていません。

克伊.恩.嘎.枯.嘎.阿.へ貼.伊.媽.誰.恩.

給我收據。

re.shi.i.to.o.ku.da.sa.i.

レシートをください。

累.西.～.偷.歐.枯.答.沙.伊.

可以幫我包成送禮的嗎？

pu.re.ze.n.to.yo.o.ni.ho.o.so.o.shi.te.i.ta.da.ke.ma.su.ka.

プレゼント用に包装していただけますか。

撲.累.賊.恩.偷.悠.～.尼.后.～.搜.～.西.貼.伊.它.答.克耶.媽.酥.卡.

送禮用的嗎？

pu.re.ze.n.to.yo.o.de.su.ka.

プレゼント用ですか。

撲.累.賊.恩.偷.悠.～.爹.酥.卡.

不，自己要
用的。

i.i.e.ji.ta.ku.yo.o.de.su.

いいえ、自宅用です。

伊.～.耶.基.它.枯.悠.～.爹.酥.

是的，送禮
用的。

ha.i.pu.re.ze.n.to.yo.o.de.su.

はい、プレゼント用です。

哈.伊.撲.累.賊.恩.偷.悠.～.爹.酥.

幫我個別包
裝。

be.tsu.be.tsu.no.fu.ku.ro.ni.i.re.te.ku.da.sa.i.

別々の袋に入れてください。

貝.粗.貝.粗.諾.乎.枯.摟.尼.伊.累.貼.枯.答.沙.伊.

幫我放在一
個大袋子裡。

o.o.ki.na.fu.ku.ro.ni.ma.to.me.te.ku.da.sa.i.

大きな袋にまとめてください。

歐.～.克伊.那.乎.枯.摟.尼.媽.偷.妹.貼.枯.答.沙.伊.

請幫我放在
袋子裡。

fu.ku.ro.ni.i.re.te.ku.da.sa.i.

袋に入れてください。

乎.枯.摟.尼.伊.累.貼.枯.答.沙.伊.

請再給我多一
點袋子（分裝
伴手禮用）。

ko.wa.ke.bu.ku.ro.o.mo.tto.ku.da.sa.i.

小分け袋をもっとください。

寇.哇.克耶.布.枯.摟.歐.某.～偷.枯.答.沙.伊.

これ請幫我寄送到飯店。

ko.re.ho.te.ru.ma.de.ha.i.ta.tsu.shi.te.ku.da.sa.i.

これ、ホテルまで配達してください。

寇.累.后.貼.魯.媽.參.哈.伊.它.粗.西.貼.枯.答.沙.伊.

這可以幫我寄到台灣嗎？

ko.re.ta.i.wa.n.ma.de.o.ku.tte.i.ta.da.ke.ma.su.ka.

これ、台湾まで送っていただけますか。

寇.累.它.伊.哇.恩.媽.參.歐.枯.ㄟ貼.伊.它.答.克耶.媽.酥.卡.

運費要多少？

u.n.so.o.ryo.o.wa.i.ku.ra.de.su.ka.

運送料はいくらですか。

烏.恩.搜.～.溜.～.哇.伊.枯.拉.參.酥.卡.

要花幾天？

na.n.ni.chi.ku.ra.i.ka.ka.ri.ma.su.ka.

何日くらいかかりますか。

那.恩.尼.七.枯.拉.伊.卡.卡.里.媽.酥.卡.

MEMO

常用會話

給我觀光指
南冊子。

ka.n.ko.o.pa.n.fu.re.tto.o.ku.da.sa.i.
観光パンフレットをください。
卡.恩.寇.～.趴.恩.乎.累.ㄟ偷.歐.枯.答.沙.伊.

有中文版的
觀光指南冊
子嗎？

chu.u.go.ku.go.no.pa.n.fu.re.tto.wa.a.ri.ma.su.ka.
中国語のパンフレットはありますか。
七烏.～.勾.枯.勾.諾.趴.恩.乎.累.ㄟ偷.哇.阿.里.媽.酥.卡.

我想要報名
觀光團。

tsu.a.a.ni.mo.o.shi.ko.mi.ta.i.no.de.su.ga.
ツアーに申し込みたいのですが。
粗.阿.～.尼.某.～.西.寇.咪.它.伊.諾.爹.酥.嘎.

請告訴我值
得看的地方。

mi.do.ko.ro.o.o.shi.e.te.ku.da.sa.i.
見どころを教えてください。
咪.都.寇.攎.歐.歐.西.耶.貼.枯.答.沙.伊.

哪裡好玩呢？

do.ko.ga.o.mo.shi.ro.i.de.su.ka.
どこがおもしろいですか。
都.寇.嘎.歐.某.西.攎.伊.爹.酥.卡.

請告訴我最
有名的地方。

i.chi.ba.n.yu.u.me.e.na.to.ko.ro.o.o.shi.e.te.ku.da.sa.i.
一番有名なところを教えてください。
伊.七.拔.恩.尤.～.妹.～.那.偷.寇.攎.歐.歐.西.耶.貼.枯.答.沙.伊.

我聽說有慶典。

o.ma.tsu.ri.ga.a.ru.to.ki.ki.ma.shi.ta.ga.

お祭りがあると聞きましたが。

歐．媽．粗．里．嘎．阿．魯．偷．克伊．克伊．媽．西．它．嘎．

我想遊覽古蹟。

shi.se.ki.o.ke.n.bu.tsu.shi.ta.i.de.su.

史跡を見物したいです。

西．誰．克伊．歐．克耶．恩．布．粗．西．它．伊．爹．酥．

我在找三溫暖。

sa.u.na.o.sa.ga.shi.te.i.ru.no.de.su.ga.

サウナを探しているのですが。

沙．烏．那．歐．沙．嘎．西．貼．伊．魯．諾．爹．酥．嘎．

請告訴我哪裡有當地料理的餐廳。

kyo.o.do.ryo.o.ri.no.re.su.to.ra.n.o.o.shi.e.te.ku.da.sa.i.

郷土料理のレストランを教えてください。

克悠．～．都．溜．～．里．諾．累．酥．偷．拉．恩．歐．歐．西．耶．貼．枯．答．沙．伊．

費用要多少？

ryo.o.ki.n.wa.i.ku.ra.de.su.ka.

料金はいくらですか。

溜．～．克伊．恩．哇．伊．枯．拉．爹．酥．卡．

麻煩大人兩個。

o.to.na.fu.ta.ri.o.ne.ga.i.shi.ma.su.

大人二人お願いします。

歐．偷．那．乎．它．里．歐．內．嘎．伊．西．媽．酥．

有什麼樣的觀光行程呢？

do.n.na.tsu.a.a.ga.a.ri.ma.su.ka.

どんなツアーがありますか。

都．恩．那．粗．阿．～．嘎．阿．里．媽．酥．卡．

観光費用有含午餐嗎？

o.hi.ru.wa.ka.n.ko.o.ryo.o.ki.n.ni.fu.ku.ma.re.te.i.ma.su.ka.

お昼は、観光料金に含まれていますか。

歐.喝伊.魯.哇.卡.恩.寇.～.溜.～.克伊.恩.尼.乎.枯.媽.累.貼.伊.媽.酥.卡.

巴士可以到嗎？

ba.su.de.i.ke.ma.su.ka.

バスで行けますか。

拔.酥.爹.伊.克耶.媽.酥.卡.

観光行程有含民俗博物館嗎？

tsu.a.a.ko.o.su.ni.mi.n.zo.ku.ha.ku.bu.tsu.ka.n.wa.fu.ku.ma.re.ma.su.ka.

ツアーコースに民俗博物館は含まれますか。

粗.阿.～.寇.～.酥.尼.咪.恩.宙.枯.哈.枯.布.粗.卡.恩.哇.乎.枯.媽.累.媽.酥.卡.

有含餐點嗎？

sho.ku.ji.wa.fu.ku.ma.re.ma.su.ka.

食事は含まれますか。

休.枯.基.哇.乎.枯.媽.累.媽.酥.卡.

幾點出發？

shu.ppa.tsu.wa.na.n.ji.de.su.ka.

出発は何時ですか。

西烏.へ趴.粗.哇.那.恩.基.爹.酥.卡.

有多少自由行動時間？

ji.yu.u.ji.ka.n.wa.do.re.ku.ra.i.a.ri.ma.su.ka.

自由時間はどれくらいありますか。

基.尤.～.基.卡.恩.哇.都.累.枯.拉.伊.阿.里.媽.酥.卡.

幾點回來？

na.n.ji.ni.mo.do.ri.ma.su.ka.

何時に戻りますか。

那.恩.基.尼.某.都.里.媽.酥.卡.

我想請導遊。
ga.i.do.o.o.ne.ga.i.shi.ta.i.no.de.su.ga.
ガイドをお願いしたいのですが。
嘎.伊.都.歐.歐.內.嘎.伊.西.它.伊.諾.爹.酥.嘎.

那個服裝是新娘的日本傳統結婚禮服。
a.no.fu.ku.wa.u.chi.ka.ke.de.su.
あの服は打掛けです。
阿.諾.乎.枯.哇.烏.七.卡.克耶.爹.酥.

我也很想穿穿看。
wa.ta.shi.mo.ki.te.mi.ta.i.de.su.
私も着てみたいです。
哇.它.西.某.克伊.貼.咪.它.伊.爹.酥.

這裡可以拍照嗎？
ko.ko.wa.sha.shi.n.o.to.tte.mo.i.i.de.su.ka.
ここは写真を撮ってもいいですか。
寇.寇.哇.蝦.西.恩.歐.偷.へ貼.某.伊.～.爹.酥.卡.

可否請您幫我拍照？
sha.shi.n.o.to.tte.i.ta.da.ke.ma.su.ka.
写真を撮っていただけますか。
蝦.西.恩.歐.偷.へ貼.伊.它.答.克耶.媽.酥.卡.

我們一起拍照吧。
i.ssho.ni.to.ri.ma.sho.o.
一緒に撮りましょう。
伊.へ休.尼.偷.里.媽.休.～.

按這裡就可以了。
ko.ko.o.o.su.da.ke.de.su.
ここを押すだけです。
寇.寇.歐.歐.酥.答.克耶.爹.酥.

麻煩再拍一張。

mo.o.i.chi.ma.i.o.ne.ga.i.shi.ma.su.
もう１枚お願いします。
某.歐.伊.七.媽.伊.歐.內.嘎.伊.西.媽.酥.

嗨！起士！

ha.i.chi.i.zu.
ハイ、チーズ。
哈.伊.七.～.茲.

請不要動喔！

u.go.ka.na.i.de.ku.da.sa.i.
動かないでください。
烏.勾.卡.那.伊.爹.枯.答.沙.伊.

我想去美術館。

bi.ju.tsu.ka.n.ni.i.ki.ta.i.de.su.
美術館に行きたいです。
逼.啾.粗.卡.恩.尼.伊.克伊.它.伊.爹.酥.

入場費要多少錢？

nyu.u.jo.o.ryo.o.wa.i.ku.ra.de.su.ka.
入場料はいくらですか。
牛.～.久.～.溜.～.哇.伊.枯.拉.爹.酥.卡.

請給我這個宣傳冊子。

ko.no.pa.n.fu.re.tto.o.ku.da.sa.i.
このパンフレットをください。
寇.諾.趴.恩.乎.累.～偷.歐.枯.答.沙.伊.

幾點開放呢？

na.n.ji.ni.ka.i.ka.n.shi.ma.su.ka.
何時に開館しますか。
那.恩.基.尼.卡.伊.卡.恩.西.媽.酥.卡.

開放到幾點呢？	na.n.ji.ma.de.a.i.te.i.ma.su.ka. 何時まで開いていますか。 那.恩.基.媽.爹.阿.伊.貼.伊.媽.酥.卡.
幾點關門？	na.n.ji.ni.he.e.ka.n.de.su.ka. 何時に閉館ですか。 那.恩.基.尼.黑.～.卡.恩.爹.酥.卡.
可以摸一下嗎？	sa.wa.tte.mo.i.i.de.su.ka. 触ってもいいですか。 沙.哇.へ貼.某.伊.～.爹.酥.卡.
有特別展嗎？	to.ku.be.tsu.te.n.wa.a.ri.ma.su.ka. 特別展はありますか。 偷.枯.貝.粗.貼.恩.哇.阿.里.媽.酥.卡.
館內有導遊嗎？	ka.n.na.i.ga.i.do.wa.i.ma.su.ka. 館内ガイドはいますか。 卡.恩.那.伊.嘎.伊.都.哇.伊.媽.酥.卡.
紀念品店在哪裡呢？	ba.i.te.n.wa.do.ko.de.su.ka. 売店はどこですか。 拔.伊.貼.恩.哇.都.寇.爹.酥.卡.
請告訴我出口在哪裡呢？	de.gu.chi.wa.do.ko.ka.o.shi.e.te.ku.da.sa.i. 出口はどこか教えてください。 爹.估.七.哇.都.寇.卡.歐.西.耶.貼.枯.答.沙.伊.

門票在哪裡買呢？

chi.ke.tto.wa.do.ko.de.ka.u.n.de.su.ka.

チケットはどこで買うんですか。

七.<u>克耶</u>.ㄟ偷.哇.都.寇.參.卡.烏.恩.參.酥.卡.

上演到什麼時候？

i.tsu.ma.de.jo.o.e.n.shi.te.i.ma.su.ka.

いつまで上演していますか。

伊.粗.媽.參.久.～.耶.恩.西.貼.伊.媽.酥.卡.

入場時間是幾點呢？

nyu.u.jo.o.ji.ka.n.wa.na.n.ji.de.su.ka.

入場時間は何時ですか。

牛.～.久.～.基.卡.恩.哇.那.恩.基.參.酥.卡.

可以帶食物進去嗎？

ta.be.mo.no.o.mo.chi.ko.n.de.mo.i.i.de.su.ka.

食べ物を持ち込んでもいいですか。

它.貝.某.諾.歐.某.七.寇.恩.參.某.伊.～.參.酥.卡.

我想看傳統舞蹈。

de.n.to.o.bu.yo.o.ga.mi.ta.i.no.de.su.ga.

伝統舞踊が見たいのですが。

參.恩.偷.～.布.悠.～.嘎.咪.它.伊.諾.參.酥.嘎.

給我大人兩張，小孩一張。

o.to.na.ni.ma.i.ko.do.mo.i.chi.ma.i.ku.da.sa.i.

大人2枚、子ども1枚ください。

歐.偷.那.尼.媽.伊.寇.都.某.伊.七.媽.伊.枯.答.沙.伊.

給我G列。

ji.i.re.tsu.ni.shi.te.ku.da.sa.i.

G列にしてください。

基.～.累.粗.尼.西.貼.枯.答.沙.伊.

我要前面中間的位置。	ma.e.no.ho.o.no.chu.u.o.o.de.o.ne.ga.i.shi.ma.su. 前の方の中央でお願いします。 媽.耶.諾.后.～.諾.七烏.～.歐.～.爹.歐.內.嘎.伊.西.媽.酥.
我要前面的座位。	ma.e.(no.se.ki).ga.i.i.de.su. 前（の席）がいいです。 媽.耶.(諾.誰.克伊).嘎.伊.～.爹.酥.
我要一樓的座位。	i.kka.i.se.ki.ga.i.i.de.su. 1階席がいいです。 伊.ヘ卡.伊.誰.克伊.嘎.伊.～.爹.酥.
有當日券嗎？	to.o.ji.tsu.ke.n.wa.a.ri.ma.su.ka. 当日券はありますか。 偷.～.基.粗.克耶.恩.哇.阿.里.媽.酥.卡.
賣完了。	u.ri.ki.re.de.su. 売り切れです。 烏.里.克伊.累.爹.酥.
學生有打折嗎？	ga.ku.se.e.wa.ri.bi.ki.wa.a.ri.ma.su.ka. 学生割引はありますか。 嘎.枯.誰.～.哇.里.逼.克伊.哇.阿.里.媽.酥.卡.
我的座位在哪裡呢？	wa.ta.shi.no.se.ki.wa.do.ko.de.su.ka. 私の席はどこですか。 哇.它.西.諾.誰.克伊.哇.都.寇.爹.酥.卡.

休息時間是幾
點開始呢？

kyu.u.ke.e.ji.ka.n.wa.na.n.ji.ka.ra.de.su.ka.
休憩時間は何時からですか。
克伊烏.～.克耶.～.基.卡.恩.哇.那.恩.基.卡.拉.參.酥.卡.

休息時間有
幾分呢？

kyu.u.ke.e.ji.ka.n.wa.na.n.pu.n.a.ri.ma.su.ka.
休憩時間は何分ありますか。
克伊烏.～.克耶.～.基.卡.恩.哇.那.恩.撲.恩.阿.里.媽.酥.卡.

MEMO

常用會話

給我看一下
價目表。

ne.da.n.hyo.o.o.mi.se.te.ku.da.sa.i.
値段表を見せてください。
内.答.恩.喝悠.～.歐.咪.誰.貼.枯.答.沙.伊.

麻煩我要做
預約的基本
護膚。

yo.ya.ku.shi.ta.ki.ho.n.su.ki.n.ke.a.o.o.ne.ga.i.shi.ma.su.
予約した基本スキンケアをお願いします。
悠.呀.枯.西.它.克伊.后.恩.酥.克伊.恩.克耶.阿.歐.歐.內.嘎.伊.西.媽.酥.

我沒有預約，
可以嗎？

yo.ya.ku.shi.te.na.i.n.de.su.ga.da.i.jo.o.bu.de.su.ka.
予約してないんですが、大丈夫ですか。
悠.呀.枯.西.貼.那.伊.恩.爹.酥.嘎.答.伊.久.～.布.爹.酥.卡.

要等很久嗎？

ke.kko.o.ma.chi.ma.su.ka.
結構待ちますか。
克耶.ヘ寇.～.媽.七.媽.酥.卡.

30 分鐘的話
我等。

sa.n.ju.ppu.n.na.ra.ma.chi.ma.su.
30分なら待ちます。
沙.恩.啾.ヘ撲.恩.那.拉.媽.七.媽.酥.

全身按摩要
多少錢？

ze.n.shi.n.ma.ssa.a.ji.wa.i.ku.ra.de.su.ka.
全身マッサージはいくらですか。
賊.恩.西.恩.媽.ヘ沙.～.基.哇.伊.枯.拉.爹.酥.卡.

置物櫃在哪裡？

ro.kka.a.wa.do.ko.de.su.ka.

ロッカーはどこですか。

撈.ㄟ卡.ㄟ.哇.都.寇.爹.酥.卡.

我皮膚比較敏感。

bi.n.ka.n.ha.da.na.n.de.su.

敏感肌なんです。

逼.恩.卡.恩.哈.答.那.恩.爹.酥.

好像腫起來了。

ha.re.te.ki.ta.mi.ta.i.de.su.

腫れてきたみたいです。

哈.累.貼.克伊.它.咪.它.伊.爹.酥.

紅腫起來了。

a.ka.ku.na.ri.ma.shi.ta.

赤くなりました。

阿.卡.枯.那.里.媽.西.它.

皮膚會刺痛。

ha.da.ga.pi.ri.pi.ri.shi.ma.su.

肌がぴりぴりします。

哈.答.嘎.披.里.披.里.西.媽.酥.

沒問題。

da.i.jo.o.bu.de.su.

大丈夫です。

答.伊.久.～.布.爹.酥.

請躺下來。

yo.ko.ni.na.tte.ku.da.sa.i.

横になってください。

悠.寇.尼.那.ㄟ貼.枯.答.沙.伊.

請用趴的。

u.tsu.bu.se.ni.na.tte.ku.da.sa.i.

うつ伏せになってください。

烏.粗.布.誰.尼.那.ヘ貼.枯.答.沙.伊.

很痛。

i.ta.i.de.su.

痛いです。

伊.它.伊.爹.酥.

有一點痛。

su.ko.shi.i.ta.i.de.su.

少し痛いです。

酥.寇.西.伊.它.伊.爹.酥.

請小力一點。

mo.tto.yo.wa.ku.shi.te.ku.da.sa.i.

もっと弱くしてください。

某.ヘ偷.悠.哇.枯.西.貼.枯.答.沙.伊.

很舒服。

ki.mo.chi.i.i.de.su.

気持ちいいです。

克伊.某.七.伊.～.爹.酥.

Chapter 9

基本句型

1. 是＋○○。
2. ○○＋的＋○○。
3. 是＋○○＋嗎？
4. 不是＋○○。
5. 好＋○○＋喔！
6. 請給我＋○○。
7. 請給我＋○○＋○○。
8. ○○＋多少錢？
9. 有＋○○＋嗎？
10. ○○＋在哪裡？
11. 麻煩你我要＋○○。
12. 請給我＋○○＋○○。
13. 我要＋○○的。
14. 可以＋○○＋○○＋嗎？
15. 我想＋○○。
16. 我想到＋○○。
17. 我在找＋○○。
18. 太＋○○。
19. 喜歡＋○○。
20. 對＋○○＋有興趣。
21. 我把＋○○＋弄丟了。

de.su.

○○ + です。

爹.酥.

實用例句

我是學生。	ga.ku.se.e.de.su. **学生です。** 嘎.枯.誰.～.爹.酥.

我姓林。	ri.n.de.su. **林です。** 里.恩.爹.酥.

替換單字

陳	山田	書	腳踏車
chi.n. **陳** 七.恩.	ya.ma.da. **山田** 呀.媽.答.	ho.n. **本** 后.恩.	ji.te.n.sha. **自転車** 基.貼.恩.蝦.

美國人	日本人	法國人	德國人
a.me.ri.ka.ji.n. **アメリカ人** 阿.妹.里.卡.基.恩.	ni.ho.n.ji.n. **日本人** 尼.后.恩.基.恩.	fu.ra.n.su.ji.n. **フランス人** 乎.拉.恩.酥.基.恩.	do.i.tsu.ji.n. **ドイツ人** 都.伊.粗.基.恩.

2 ○○＋的＋○○。

no. de.su.

○○＋の＋○○＋です。

諾. 爹.酥.

實用例句

| 我的包包。 | wa.ta.shi.no.ka.ba.n.de.su.
わたし
私のかばんです。
哇.它.西.諾.卡.拔.恩.爹.酥. |

| 日本車。 | ni.ho.n.no.ku.ru.ma.de.su.
に ほん くるま
日本の車です。
尼.后.恩.諾.枯.魯.媽.爹.酥. |

替換單字

老師／書
se.n.se.e. ／ ho.n. せんせい ほん **先生／本** 誰.恩.誰.～.／后.恩.

明天／下午六點
a.shi.ta. ／ go.go.ro.ku.ji. あした ご ごろくじ **明日／午後6時** 阿.西.它.／勾.勾.攖.枯.基.

下星期三／七點
ra.i.shu.u.su.i.yo.o.bi. ／ shi.chi.ji. らいしゅうすいようび しちじ **来週水曜日／7時** 拉.伊.西烏.～.酥.伊.悠.～.逼.／西.七.基.

義大利／鞋子
i.ta.ri.a. ／ ku.tsu. くつ **イタリア／靴** 伊.它.里.阿.／枯.粗.

3 是＋〇〇＋嗎？

de.su.ka.

〇〇＋ですか。

爹.酥.卡.

實用例句

哪一位？	do.na.ta.de.su.ka. **どなたですか。** 都.那.它.爹.酥.卡.

是台灣人嗎？	ta.i.wa.n.ji.n.de.su.ka. たいわんじん **台湾人ですか。** 它.伊.哇.恩.基.恩.爹.酥.卡.

替換單字

工作	旅行	一個禮拜	一個月
shi.go.to. しごと **仕事** 西.勾.偷.	ryo.ko.o. りょこう **旅行** 溜.寇.～.	i.sshu.u.ka.n. いっしゅうかん **1週間** 伊.ㄝ西烏.～.卡.恩.	i.kka.ge.tsu. いっ げつ **1か月** 伊.ㄝ卡.給.粗.

一年	英國人	印度人	中國人
i.chi.ne.n. いちねん **1年** 伊.七.內.恩.	i.gi.ri.su.ji.n. じん **イギリス人** 伊.哥伊.里.酥.基.恩.	in.do.ji.n. じん **インド人** 伊.恩.都.基.恩.	chu.u.go.ku.ji.n. ちゅうごくじん **中国人** 七烏.～.勾.枯.基.恩.

4 不是＋○○。

de.wa.a.ri.ma.se.n.

○○＋ではありません。

爹.哇.阿.里.媽.誰.恩.

實用例句

| 不是義大利人。 | i.ta.ri.a.ji.n.de.wa.a.ri.ma.se.n.
イタリア人ではありません。
伊.它.里.阿.基.恩.爹.哇.阿.里.媽.誰.恩. |

| 不是字典。 | ji.sho.de.wa.a.ri.ma.se.n.
辞書ではありません。
基.休.爹.哇.阿.里.媽.誰.恩. |

替換單字

紅茶	電子字典	狗	山
ko.o.cha. こうちゃ **紅茶** 寇.～.洽.	de.n.shi.ji.sho. でんし じしょ **電子辞書** 爹.恩.西.基.休.	i.nu. いぬ **犬** 伊.奴.	ya.ma. やま **山** 呀.媽.

電冰箱	電風扇	電話	遙控器
re.e.zo.o.ko. れいぞうこ **冷蔵庫** 累.～.宙.～.寇.	se.n.pu.u.ki. せんぷうき **扇風機** 誰.恩.撲.～.克伊.	de.n.wa. でんわ **電話** 爹.恩.哇.	ri.mo.ko.n. **リモコン** 里.某.寇.恩.

de.su.ne.
○○＋ですね。
爹.酥.內.

實用例句

好熱喔！	a.tsu.i.de.su.ne. **暑いですね。** 阿.粗.伊.爹.酥.內.

好甜喔！	a.ma.i.de.su.ne. **甘いですね。** 阿.媽.伊.爹.酥.內.

替換單字

開朗	有朝氣	苦	鹹
a.ka.ru.i. **明るい** 阿.卡.魯.伊.	ge.n.ki. **元気** 給.恩.克伊.	ni.ga.i. **苦い** 尼.嘎.伊.	shi.o.ka.ra.i. **塩辛い** 西.歐.卡.拉.伊.

酸	新	舊	圓
su.ppa.i. **すっぱい** 酥.ㄟ趴.伊.	a.ta.ra.shi.i. **新しい** 阿.它.拉.西.～.	fu.ru.i. **古い** 乎.魯.伊.	ma.ru.i. **丸い** 媽.魯.伊.

6 請給我＋○○。

Track
45

o.ku.da.sa.i.
○○＋をください。
歐.枯.答.沙.伊.

實用例句

請給我牛肉。

bi.i.fu.o.ku.da.sa.i.
ビーフをください。
逼.～.乎.歐.枯.答.沙.伊.

給我這個。

ko.re.o.ku.da.sa.i.
これをください。
寇.累.歐.枯.答.沙.伊.

替換單字

收據	雜誌	毛衣	褲子
re.shi.i.to.	za.sshi. ざっし	se.e.ta.a.	zu.bo.n.
レシート	**雑誌**	**セーター**	**ズボン**
累.西.～.偷.	雜.～西.	誰.～.它.～.	茲.剝.恩.

咖啡	葡萄酒	拉麵	壽司
ko.o.hi.i.	wa.i.n.	ra.a.me.n.	su.shi.
コーヒー	**ワイン**	**ラーメン**	**すし**
寇.～.喝伊.～.	哇.伊.恩.	拉.～.妹.恩.	酥.西.

o. ku.da.sa.i.
○○＋を＋○○＋ください。
歐. 枯.答.沙.伊.

實用例句

給我一個披薩。	pi.za.o.hi.to.tsu.ku.da.sa.i. **ピザを一つください。** 披.雜.歐.<u>喝伊</u>.偷.粗.枯.答.沙.伊.

給我兩張車票。	ki.ppu.o.ni.ma.i.ku.da.sa.i. **切符を２枚ください。** <u>克伊</u>.ヘ撲.歐.尼.媽.伊.枯.答.沙.伊.

替換單字

白開水／一杯
o.mi.zu. ／ i.ppa.i. **お水／１杯** 歐.咪.茲.／伊.ヘ趴.伊.

筆記本／一本
no.o.to. ／ i.ssa.tsu. **ノート／１冊** 諾.～.偷.／伊.ヘ沙.粗.

香菸／一條
ta.ba.ko. ／ wa.n.ka.a.to.n. **タバコ／ワンカートン** 它.拔.寇.／哇.恩.卡.～.偷.恩.

康乃馨／一朵
ka.a.ne.e.sho.n. ／ i.chi.ri.n. **カーネーション／１輪** 卡.～.內.～.休.恩.／伊.七.里.恩.

8 ○○＋多少錢？

i.ku.ra.de.su.ka.

○○＋いくらですか。

伊.枯.拉.爹.酥.卡.

實用例句

這個多少錢？	ko.re.i.ku.ra.de.su.ka. **これ、いくらですか。** 寇.累.伊.枯.拉.爹.酥.卡.

大人要多少錢？	o.to.na.i.ku.ra.de.su.ka. **大人、いくらですか。** おとな 歐.偷.那.伊.枯.拉.爹.酥.卡.

替換單字

領帶	絲巾	雙人房（兩張單人床）
ne.ku.ta.i. **ネクタイ** 內.枯.它.伊.	su.ka.a.fu. **スカーフ** 酥.卡.～.乎.	tsu.i.n.ru.u.mu. **ツインルーム** 粗.伊.恩.魯.～.母.

雙人房（雙人床的）	單程	來回
da.bu.ru.ru.u.mu. **ダブルルーム** 答.布.魯.魯.～.母.	ka.ta.mi.chi. かたみち **片道** 卡.它.咪.七.	o.o.fu.ku. おうふく **往復** 歐.～.乎.枯.

9 有＋○○＋嗎？

wa.a.ri.ma.su.ka.

○○＋はありますか。

哇.阿.里.媽.酥.卡.

實用例句

有郵局嗎？

yu.u.bi.n.kyo.ku.wa.a.ri.ma.su.ka.
ゆうびんきょく
郵便局はありますか。

尤.～.逼.恩.克悠.枯.哇.阿.里.媽.酥.卡.

有書店嗎？

ho.n.ya.wa.a.ri.ma.su.ka.
ほん や
本屋はありますか。

后.恩.呀.哇.阿.里.媽.酥.卡.

替換單字

公車站	加油站
ba.su.te.e. てい **バス停** 拔.酥.貼.～.	ga.so.ri.n.su.ta.n.do. **ガソリンスタンド** 嘎.搜.里.恩.酥.它.恩.都.
美術館	滑雪場
bi.ju.tsu.ka.n. び じゅつかん **美術館** 逼.啾.粗.卡.恩.	su.ki.i.jo.o. じょう **スキー場** 酥.克伊.～.久.～.

10 ○○+在哪裡？

wa.do.ko.de.su.ka.

○○+はどこですか。

哇.都.寇.爹.酥.卡.

實用例句

廁所在哪裡？	to.i.re.wa.do.ko.de.su.ka. **トイレはどこですか。** 偷.伊.累.哇.都.寇.爹.酥.卡.
百貨公司在哪裡？	de.pa.a.to.wa.do.ko.de.su.ka. **デパートはどこですか。** 爹.趴.～.偷.哇.都.寇.爹.酥.卡.

替換單字

市場	名產店	超市	便利超商
i.chi.ba. いちば **市場** 伊.七.拔.	mi.ya.ge.mo.no.ya. ものや **みやげ物屋** 咪.呀.給.某.諾.呀.	su.u.pa.a. **スーパー** 酥.～.趴.～.	ko.n.bi.ni. **コンビニ** 寇.恩.逼.尼.

水族館	遊樂園	大眾澡堂	車站
su.i.zo.ku.ka.n. すいぞくかん **水族館** 酥.伊.宙.枯.卡.恩.	yu.u.e.n.chi. ゆうえんち **遊園地** 尤.～.耶.恩.七.	se.n.to.o. せんとう **銭湯** 誰.恩.偷.～.	e.ki. えき **駅** 耶.克伊.

o.o.ne.ga.i.shi.ma.su.

○○＋をお願いします。

歐.歐.內.嘎.伊.西.媽.酥.

實用例句

麻煩幫我保管行李。	ni.mo.tsu.o.o.ne.ga.i.shi.ma.su. **荷物をお願いします。** 尼.某.粗.歐.歐.內.嘎.伊.西.媽.酥.

麻煩結帳。	o.ka.n.jo.o.o.o.ne.ga.i.shi.ma.su. **お勘定をお願いします。** 歐.卡.恩.久.～.歐.歐.內.嘎.伊.西.媽.酥.

替換單字

住宿退房	預約
che.kku.a.u.to. **チェックアウト** 切.へ枯.阿.烏.偷.	yo.ya.ku. **予約** 悠.呀.枯.

手寫收據	兌幣
ryo.o.shu.u.sho. **領収書** 溜.～.西烏.～.休.	ryo.o.ga.e. **両替** 溜.～.嘎.耶.

12 請給我＋○○＋○○。

o.ne.ga.i.shi.ma.su.

○○＋○○＋お願いします。

歐.內.嘎.伊.西.媽.酥.

實用例句

請給我一張成人票。

o.to.na.i.chi.ma.i.o.ne.ga.i.shi.ma.su.

おとな いちまい ねが
大人１枚お願いします。

歐.偷.那.伊.七.媽.伊.歐.內.嘎.伊.西.媽.酥.

請給我一瓶啤酒。

bi.i.ru.i.ppo.n.o.ne.ga.i.shi.ma.su.

いっぽん ねが
ビール１本お願いします。

逼.～.魯.伊.～剖.恩.歐.內.嘎.伊.西.媽.酥.

替換單字

魚／兩條
sa.ka.na. ／ ni.hi.ki.
さかな に ひき **魚／２匹**
沙.卡.那.／尼.喝伊.克伊.

襯衫／一件
sha.tsu. ／ i.chi.ma.i.
いちまい **シャツ／１枚**
蝦.粗.／伊.七.媽.伊.

絲襪／一雙
su.to.kki.n.gu. ／ i.sso.ku.
いっそく **ストッキング／一足**
酥.偷.～克伊.恩.估.／伊.～搜.枯.

雨傘／一支
ka.sa. ／ i.ppo.n.
かさ いっぽん **傘／１本**
卡.沙.／伊.～剖.恩.

no.ga.i.i.de.su.
○○＋のがいいです。

諾.嘎.伊.～.爹.酥.

實用例句

我要大的。

o.o.ki.i.no.ga.i.i.de.su.
大きいのがいいです。

歐.～.<u>克伊</u>.～.諾.嘎.伊.～.爹.酥.

我要便宜的。

ya.su.i.no.ga.i.i.de.su.
安いのがいいです。

呀.酥.伊.諾.嘎.伊.～.爹.酥.

替換單字

小的	藍的	白的	黃的
chi.i.sa.i.	a.o.i.	shi.ro.i.	ki.i.ro.i.
小さい	青い	白い	黄色い
七.～.沙.伊.	阿.歐.伊.	西.攏.伊.	克伊.伊.攏.伊.

冰的	耐用的	四方形的	長的
tsu.me.ta.i.	jo.o.bu.na.	shi.ka.ku.i.	na.ga.i.
冷たい	丈夫な	四角い	長い
粗.妹.它.伊.	久.～.布.那.	西.卡.枯.伊.	那.嘎.伊.

14 可以＋○○＋○○＋嗎？

mo.i.i.de.su.ka.

○○＋○○＋もいいですか。

某.伊.～.爹.酥.卡.

實用例句

可以抽煙嗎？	ta.ba.ko.o.su.tte.mo.i.i.de.su.ka. **タバコを吸ってもいいですか。** 它.拔.寇.歐.酥.へ貼.某.伊.～.爹.酥.卡.
可以坐這裡嗎？	ko.ko.ni.su.wa.tte.mo.i.i.de.su.ka. **ここに座ってもいいですか。** 寇.寇.尼.酥.哇.へ貼.某.伊.～.爹.酥.卡.

替換單字

作品／碰	裡面／進入
sa.ku.hi.n.ni. ／ sa.wa.tte. **作品に／触って** 沙.枯.喝伊.恩.尼.／沙.哇.へ貼.	na.ka.ni. ／ ha.i.tte. **中に／入って** 那.卡.尼.／哈.伊.へ貼.

鋼琴／彈奏	鞋子／脫掉
pi.a.no.o. ／ hi.i.te. **ピアノを／弾いて** 披.阿.諾.歐.／喝伊.伊.貼.	ku.tsu.o. ／ nu.i.de. **靴を／脱いで** 枯.粗.歐.／奴.伊.爹.

ta.i.de.su.
○○＋たいです。

它.伊.爹.酥.

實用例句

我想吃。	ta.be.ta.i.de.su. **食べたいです。** 它.貝.它.伊.爹.酥.

我想聽。	ki.ki.ta.i.de.su. **聞きたいです。** 克伊.克伊.它.伊.爹.酥.

替換單字

游泳	看	買	搭
o.yo.gi. **泳ぎ** 歐.悠.哥伊.	mi. **見** 咪.	ka.i. **買い** 卡.伊.	no.ri. **乗り** 諾.里.

去	變瘦	變胖	休息
i.ki. **行き** 伊.克伊.	ya.se. **痩せ** 呀.誰.	fu.to.ri. **太り** 乎.偷.里.	ya.su.mi. **休み** 呀.酥.咪.

16 我想到＋○○。

ma.de.i.ki.ta.i.de.su.

○○＋まで行きたいです。

媽.爹.伊.<u>克伊</u>.它.伊.爹.酥.

實用例句

想要到澀谷。

shi.bu.ya.ma.de.i.ki.ta.i.de.su.

渋谷まで行きたいです。

西.布.呀.媽.爹.伊.<u>克伊</u>.它.伊.爹.酥.

我想到新宿。

shi.n.ju.ku.ma.de.i.ki.ta.i.de.su.

新宿まで行きたいです。

西.恩.啾.枯.媽.爹.伊.<u>克伊</u>.它.伊.爹.酥.

替換單字

最近的車站
mo.yo.ri.e.ki.
最寄り駅
某.悠.里.耶.<u>克伊</u>.

成田機場
na.ri.ta.ku.u.ko.o.
成田空港
那.里.它.枯.～.寇.～.

橫濱
yo.ko.ha.ma.
横浜
悠.寇.哈.媽.

原宿
ha.ra.ju.ku.
原宿
哈.拉.啾.枯.

青山
a.o.ya.ma.
青山
阿.歐.呀.媽.

惠比壽
e.bi.su.
恵比寿
耶.逼.酥.

17 我在找＋○○。

o.sa.ga.shi.te.i.ma.su.

○○＋を探しています。

歐.沙.嘎.西.貼.伊.媽.酥.

實用例句

我在找裙子。

su.ka.a.to.o.sa.ga.shi.te.i.ma.su.
スカートを探しています。
酥.卡.～.偷.歐.沙.嘎.西.貼.伊.媽.酥.

我在找雨傘。

ka.sa.o.sa.ga.shi.te.i.ma.su.
傘を探しています。
卡.沙.歐.沙.嘎.西.貼.伊.媽.酥.

替換單字

膠帶	筆盒	活頁資料夾	皮帶
se.ro.ha.n.te.e.pu.	fu.de.ba.ko.	ba.i.n.da.a.	be.ru.to.
セロハンテープ	**筆箱**	**バインダー**	**ベルト**
誰.摟.哈.恩.貼.～.撲.	乎.爹.拔.寇.	拔.伊.恩.答.～.	貝.魯.偷.

圍巾	洗髮精	潤絲精	護髮乳
ma.fu.ra.a.	sha.n.pu.u.	ri.n.su.	ko.n.di.sho.na.a.
マフラー	**シャンプー**	**リンス**	**コンディショナー**
媽.乎.拉.～.	蝦.恩.撲.～.	里.恩.酥.	寇.恩.低.休.那.～.

18 太+○○。

su.gi.ma.su.

○○+すぎます。

酥.哥伊.媽.酥.

實用例句

太貴。

ta.ka.su.gi.ma.su.
高すぎます。
它.卡.酥.哥伊.媽.酥.

太大。

o.o.ki.su.gi.ma.su.
大きすぎます。
歐.～.克伊.酥.哥伊.媽.酥.

替換單字

少	小	薄	快
su.ku.na. **少な** 酥.枯.那.	chi.i.sa. **小さ** 七.～.沙.	u.su. **薄** 烏.酥.	ha.ya. **速** 哈.呀.

難	重	硬	美
mu.zu.ka.shi. **難し** 母.茲.卡.西.	o.mo. **重** 歐.某.	ka.ta. **固** 卡.它.	u.tsu.ku.shi. **美し** 烏.粗.枯.西.

ga.su.ki.de.su.
○○＋が好きです。
嘎．酥．克伊．爹．酥．

實用例句

喜歡漫畫。	ma.n.ga.ga.su.ki.de.su. **マンガが好きです。** 媽．恩．嘎．嘎．酥．克伊．爹．酥．
喜歡電玩。	ge.e.mu.ga.su.ki.de.su. **ゲームが好きです。** 給．～．母．嘎．酥．克伊．爹．酥．

替換單字

爬山	釣魚	兜風	足球
to.za.n. と ざん **登山** 偷．雜．恩．	tsu.ri. **つり** 粗．里．	do.ra.i.bu. **ドライブ** 都．拉．伊．布．	sa.kka.a. **サッカー** 沙．ヘ卡．～．

高爾夫球	演歌	爵士樂	小說
go.ru.fu. **ゴルフ** 勾．魯．乎．	e.n.ka. えん か **演歌** 耶．恩．卡．	ja.zu. **ジャズ** 甲．茲．	sho.o.se.tsu. しょうせつ **小説** 休．～．誰．粗．

20 對＋○○＋有興趣。

Track 59

ni.kyo.o.mi.ga.a.ri.ma.su.

○○＋に興味があります。

尼.克悠.～.咪.嘎.阿.里.媽.酥.

實用例句

對音樂有興趣。

o.n.ga.ku.ni.kyo.o.mi.ga.ari.ma.su.
おんがく　　　　きょうみ
音楽に興味があります。
歐.恩.嘎.枯.尼.克悠.～.咪.嘎.阿.里.媽.酥.

對歷史有興趣。

re.ki.shi.ni.kyo.o.mi.ga.ari.ma.su.
れき し　　　　きょうみ
歴史に興味があります。
累.克伊.西.尼.克悠.～.咪.嘎阿.里.媽.酥.

替換單字

政治	經濟	藝術
se.e.ji. せい じ **政治** 誰.～.基.	ke.e.za.i. けい ざい **経済** 克耶.～.雜.伊.	ge.e.ju.tsu. げいじゅつ **芸術** 給.～.啾.粗.

花道	茶道	戲劇
ka.do.o. か どう **華道** 卡.都.～.	sa.do.o. さ どう **茶道** 沙.都.～.	shi.ba.i. しば い **芝居** 西.拔.伊.

21 我把＋○○＋弄丟了。

o.na.ku.shi.ma.shi.ta.

○○＋をなくしました。

歐.那.枯.西.媽.西.它.

實用例句

我把相機弄丟了。

ka.me.ra.o.na.ku.shi.ma.shi.ta.
カメラをなくしました。
卡.妹.拉.歐.那.枯.西.媽.西.它.

我把票弄丟了。

chi.ke.tto.o.na.ku.shi.ma.shi.ta.
チケットをなくしました。
七.克耶.ヘ偷.歐.那.枯.西.媽.西.它.

替換單字

戒指	信用卡	眼鏡
yu.bi.wa. ゆびわ **指輪** 尤.逼.哇.	(ku.re.ji.tto).ka.a.do. **（クレジット）カード** （枯.累.基.ヘ偷）.卡.～.都.	me.ga.ne. めがね **眼鏡** 妹.嘎.內.

手錶	身分證	護照
u.de.do.ke.e. うでどけい **腕時計** 烏.爹.都.克耶.～.	mi.bu.n.sho.o.me.e.sho. みぶんしょうめいしょ **身分証明書** 咪.布.恩.休.～.妹.～.休.	pa.su.po.o.to. **パスポート** 趴.酥.剖.～.偷.

Chapter 10

附錄

1 日本各大慶典

❶ 京都／祇園祭／7月
kyo.o.to ／ gi.o.n.ma.tsu.ri ／ shi.chi.ga.tsu
きょうと　ぎおんまつり　しちがつ
京都／祇園祭／7月

❷ 大阪／天神祭／7月
o.o.sa.ka ／ te.n.ji.n.ma.tsu.ri ／ shi.chi.ga.tsu
おおさか　てんじんまつり　しちがつ
大阪／天神祭／7月

❸ 徳島／阿波舞／8月
to.ku.shi.ma ／ a.wa.o.do.ri ／ ha.chi.ga.tsu
とくしま　あわおど　はちがつ
徳島／阿波踊り／8月

❹ 札幌／雪祭／2月
sa.ppo.ro ／ yu.ki.ma.tsu.ri ／ ni.ga.tsu
さっぽろ　ゆきまつ　にがつ
札幌／雪祭り／2月

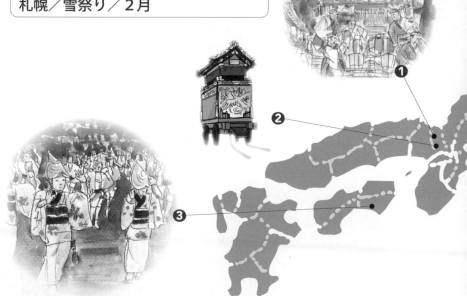

⑤ 青森／燈籠祭／8 月
a.o.mo.ri ／ ne.bu.ta.ma.tsu.ri ／ ha.chi.ga.tsu
<ruby>青森<rt>あおもり</rt></ruby>／ねぶた<ruby>祭<rt>まつり</rt></ruby>／<ruby>8 月<rt>はちがつ</rt></ruby>

⑥ 秋田／竿燈祭／8 月
a.ki.ta ／ ka.n.to.o.ma.tsu.ri ／ ha.chi.ga.tsu
<ruby>秋田<rt>あきた</rt></ruby>／<ruby>竿灯祭<rt>かんとうまつり</rt></ruby>／<ruby>8 月<rt>はちがつ</rt></ruby>

⑦ 仙台／七夕祭／8 月
se.n.da.i ／ ta.na.ba.ta.ma.tsu.ri ／ ha.chi.ga.tsu
<ruby>仙台<rt>せんだい</rt></ruby>／<ruby>七夕祭<rt>たなばたまつ</rt></ruby>り／<ruby>8 月<rt>はちがつ</rt></ruby>

⑧ 東京／神田祭／5 月
to.o.kyo.o ／ ka.n.da.ma.tsu.ri ／ go.ga.tsu
<ruby>東京<rt>とうきょう</rt></ruby>／<ruby>神田祭<rt>かんだまつり</rt></ruby>／<ruby>5 月<rt>ごがつ</rt></ruby>

串燒延伸○

學日本話

50 音＋單字＋常用會話

再忙也學得會！ (25K+MP3)

▶ 即學即用 16

著 者　上原小百合

發 行 人　林德勝

出版發行　**山田社文化事業有限公司**
臺北市大安區安和路一段112巷17號7樓
電話　02-2755-7622
傳真　02-2700-1887

郵政劃撥　**19867160號　大原文化事業有限公司**

總 經 銷　**聯合發行股份有限公司**
新北市新店區寶橋路235巷6弄6號2樓
電話　02-2917-8022
傳真　02-2915-6275

印 刷　**上鎰數位科技印刷有限公司**

法律顧問　**林長振法律事務所　林長振律師**

書+MP3　**定價　新台幣 299 元**

初 版　**2021 年 2 月**

本書改版自《今天看書，明天出發！去日本趴趴走的日語帳》

STS

山田社

STS

山田社

STS

山田社